不忘初心 薪火相传
——富锦一中建校90周年校庆征文集

Buwang Chuxin Xinhuo Xiangchuan
Fujinyizhong Jianxiao Jiushi Zhounian
Xiaoqing Zhengwenji

徐宝娟 主编

衣树羽
于洲江
马志成 副主编
王广力
李梓文

黑龙江人民出版社

## 图书在版编目(CIP)数据

不忘初心　薪火相传:富锦一中建校90周年校庆征文集/徐宝娟主编.—哈尔滨:黑龙江人民出版社,2018.3(2021.3重印)

ISBN 978-7-207-11300-9

Ⅰ.①不… Ⅱ.①徐… Ⅲ.①诗集—中国—当代②散文集—中国—当代　Ⅳ.①I217.1

中国版本图书馆 CIP 数据核字(2018)第 054136 号

责任编辑:刘恺汐
封面设计:张　涛

## 不忘初心　薪火相传
——富锦一中建校90周年校庆征文集

徐宝娟　主编

| 出版发行 | 黑龙江人民出版社 |
|---|---|
| 地　　址 | 哈尔滨市南岗区宣庆小区1号楼 |
| 邮　　编 | 150008 |
| 网　　址 | www.longpress.com |
| 电子邮箱 | hljrmcbs@yeah.net |
| 印　　刷 | 三河市华东印刷有限公司 |
| 开　　本 | 787×1092　1/16 |
| 印　　张 | 16.5 |
| 字　　数 | 220千字 |
| 版　　次 | 2018年3月第1版　2021年3月第2次印刷 |
| 书　　号 | ISBN 978-7-207-11300-9 |
| 定　　价 | 58.00元 |

版权所有　侵权必究　　　　举报电话:(0451)82308054
法律顾问:北京市大成律师事务所哈尔滨分所律师赵学利、赵景波

# 编 委 会

主　编　徐宝娟

副主编　衣树羽　于洲江　马志成
　　　　王广力　李梓文

编　委　吕宝剑　孙志远　郭　莹

# 目 录

## ・校友篇・

| | |
|---|---|
| 七律・贺母校九秩 | 方海波(3) |
| 歌曲《故乡富锦》 | 付　林(4) |
| 到农村去 | 郝　艳(5) |
| 同窗 | 郝　艳(10) |
| 圆梦——我的高考故事 | 江　平(11) |
| 贺母校建校九十周年 | 刘　宽(14) |
| 颂师 | 刘　宽(15) |
| 大学参军 | 刘述舜(16) |
| 留学苏联 | 刘述舜(16) |
| 寄希望 | 刘述舜(17) |
| 七律・贺一中建校九十周年 | 刘延复(18) |
| 鹧鸪天・校庆感怀 | 刘延复(18) |
| 青葱时光 | 孟宪颖(19) |
| 贺一中建校九十周年 | 潘新吉(22) |
| 转眼间已经来澳大利亚十年了 | 邱奇辉(23) |
| 咏母校九十年 | 王忠诗(26) |
| 江城子・回想松花江 | 杨　桦(27) |
| 喜逢校友日 | 杨　桦(27) |
| 七律・贺一中建校九十周年 | 杨树仁(28) |

长相思·忆师爱 ………………………………… 杨树仁(28)

沁园春·秋 …………………………………… 衣树羽(29)

贺富锦一中九十年并首个校友日 …………… 衣树羽(29)

寻找与书写从家乡走出去的校友 …………… 衣树羽(31)

为荷 …………………………………………… 杨廷玲(47)

七律·一中建校九十周年感赋 ……………… 张福君(48)

七律·贺富锦一中校友日 …………………… 张福君(48)

黑土 …………………………………………… 张利弓(49)

白雪 …………………………………………… 张利弓(50)

粮都 …………………………………………… 张利弓(51)

奋战 …………………………………………… 张有志(52)

想家 …………………………………………… 张有志(52)

抒怀 …………………………………………… 张　愈(53)

羞愧的往事 …………………………………… 周　维(54)

## ·教师篇·

富锦一中——吾爱 …………………………… 徐宝娟(59)

忆往昔,恰同学少年 ………………………… 安丽影(67)

又到秋风叶落时 ……………………………… 常艳梅(70)

愿一中腾飞 …………………………………… 陈金生(72)

1927的纪念,2017的灿烂 …………………… 邓祥波(74)

那,芳华 ……………………………… 黄天宇　高　徽(76)

时光流转,又和你相遇
　　——致母校九十周年校庆 ……………… 郭　莹(78)

一个"80后"眼中的富锦一中
　　——回顾参与编写一中校史的日子 …… 刘萍萍(80)

勤恒诚朴永传承，辉煌一中繁花开 ………………………… 刘　爽(84)
富锦一中——我的成长平台 ……………………………… 吕海鸥(87)
砥砺漫漫风雨 ……………………………………………… 马　健(89)
富锦一中——我心中永远的爱 …………………………… 宋冬梅(91)
我与一中 …………………………………………………… 孙志远(93)
勤恒诚朴九十年，春风化雨润校园 ……………………… 王艳莉(95)
见证——纪念富锦市第一中学建校90周年 …………… 徐亨杰(97)
回眸处 ……………………………………………………… 张立杰(99)
九十年风雨逐梦路，一生无悔一中情 …………………… 张琳琳(100)
忆秦娥　校庆感怀 ………………………………………… 赵雪侠(102)
播撒爱的光芒
　　——庆祝富锦市第一中学建校90周年 …………… 郑春丽(103)
为了富锦一中的文化 ……………………………………… 衣㛤美(107)
守候感动 …………………………………………………… 吕宝剑(110)

### ·学生篇·

我热爱的那片土地 ………………… 2015级(1)班　阮　航(115)
托起未来的希望 …………………… 2015级(15)班　王一冰(118)
九十周年　风雨如磐 ……………… 2015级(13)班　狄亚男(120)
同山高兮共水长
　　——庆第一中学建校九十周年 … 2015级(13)班　刘晨晨(122)
贺母校九十岁生日 ………………… 2015级(15)班　陈怡冰(124)
感谢 ………………………………… 2015级(11)班　张　建(126)
岁月如歌 …………………………… 2015级(2)班　杜怡霖(128)
江南无所有，聊寄一枝春 ………… 2015级(2)班　张　雪(130)
梦想的起航 ………………………… 2015级(6)班　魏　伟(133)

| | | | |
|---|---|---|---|
| 今生,注定的情缘 | 2015级(7)班 | 杨季卫 | (135) |
| 梦之校园 | 2015级(10)班 | 于静楠 | (137) |
| 庆建校九十周年 | 2015级(11)班 | 单雨晴 | (139) |
| 走过四季,依旧爱你 | | | |
| ——致富锦市第一中学成立90周年 | 2015级(14)班 | 韩 越 | (141) |
| 梦开始的地方 | 2015级(14)班 | 王 溧 | (143) |
| 忆梦 | 2015级(6)班 | 王 鹏 | (145) |
| 有句情话对你说 | 2015级(4)班 | 吴 琼 | (147) |
| 遇见您,我何其幸运 | 2015级(1)班 | 赵梦頔 | (150) |
| 云杉古树 玫瑰嘉园 | 2015级(9)班 | 张 雪 | (152) |
| 回顾过去 展望未来 | 2015级(7)班 | 王婷婷 | (154) |
| 致敬一中 | 2015级(12)班 | 梁思梦 | (156) |
| 心灵的家 | 2015级(4)班 | 俞姜梦圆 | (158) |
| 黄金时代 | 2015级(1)班 | 于 喆 | (160) |
| 我不知道 | 2015级(14)班 | 原诗博 | (162) |
| 思念——献给我的母校富锦一中 | 2015级(5)班 | 王文鑫 | (163) |
| 致富锦一中诞辰九十周年 | 2015级(8)班 | 苍盛欣 | (165) |
| 致一中 | 2015级(3)班 | 丁徐熙麦 | (166) |
| 往昔光荣 明天辉煌 | 2016级(2)班 | 李昕尧 | (168) |
| 爱我一中 | 2016级(16)班 | 高俪源 | (170) |
| 富锦一中九十华诞献文 | 2016级(13)班 | 吴 璇 | (173) |
| 你好,一中 | 2016级(7)班 | 赵梓平 | (176) |
| 回望历史,开创未来 | 2016级(1)班 | 王金浩 | (178) |
| 我亲爱的一中 | 2016级(8)班 | 李 慧 | (180) |
| 献给母校九十岁的生日 | 2016级(6)班 | 徐景松 | (182) |
| 庆一中建校九十周年 | 2016级(9)班 | 王彬睿 | (184) |

| | | |
|---|---|---|
| 怀校…………………………………… | 2016级(5)班 | 贺希望(186) |
| 九十年的辉煌………………………… | 2016级(8)班 | 王　恬(187) |
| 美丽一中……………………………… | 2016级(15)班 | 王研博(189) |
| 勤恒诚朴　桃李天下 ……………… | 2016级(14)班 | 王嘉美(191) |
| 砥砺风雨九十年……………………… | 2016级(9)班 | 王楚涵(193) |
| 喜迎校庆,不忘初心………………… | 2016级(2)班 | 乔逸凡(196) |
| 永恒的爱……………………………… | 2016级(4)班 | 段昊良(198) |
| 记富锦一中…………………………… | 2016级(3)班 | 马嘉浓(200) |
| 一中赞礼……………………………… | 2016级(11)班 | 李斯文(202) |
| 赞颂我的一中………………………… | 2016级(11)班 | 魏喜悦(204) |
| 九十岁的您…………………………… | 2016级(12)班 | 王美慧(206) |
| 母亲…………………………………… | 2016级(1)班 | 殷玮璇(208) |
| 陪我穿过花季的你…………………… | 2016级(14)班 | 李美琦(210) |
| 颂书香一中…………………………… | 2016级(15)班 | 郑雨欣(213) |
| 颂一中………………………………… | 2016级(13)班 | 史欣雨(215) |
| 一中啊,我的一中 …………………… | 2016级(1)班 | 于　桐(217) |
| 圆梦的地方…………………………… | 2016级(12)班 | 郝晨旭(219) |
| 最美一中……………………………… | 2016级(11)班 | 郭传奇(221) |
| 90岁,您依旧灿烂辉煌 ……………… | 2017级(7)班 | 曲荣雁(223) |
| 传承的梦……………………………… | 2017级(14)班 | 丛麒骥(225) |
| 砥砺九十载,风采传家国 …………… | 2017级(11)班 | 郑春宇(227) |
| 风雨九十载,桃李满芬芳 …………… | 2017级(8)班 | 刘钰轩(229) |
| 我和一中的不解之缘………………… | 2017级(4)班 | 李哲丞(231) |
| 一中,心中的永恒品芳 ……………… | 2017级(15)班 | 高雨聪(232) |
| 一中历史一中魂……………………… | 2017级(13)班 | 王美琪(233) |
| 圆梦一中……………………………… | 2017级(13)班 | 赵轩(235) |

忆往昔,望今朝 …………………………… 2017级(15)班　马雨欣(237)
九十年育人,春风化雨 …………………… 2017级(12)班　王乂可(239)
美丽的一中,我的家 ……………………… 2017级(9)班　李佳芃(241)
你的爱,我收到 …………………………… 2017级(11)班　王雅楠(244)
您与一中,一中与您 ……………………… 2017级(3)班　孙雨欣(245)
沁园春·贺富锦一中建校九十年………… 2017级(8)班　刘　响(247)
一中赞歌 …………………………………… 2017级(2)班　徐丹妮(248)
书香呵护 …………………………………… 2017级(10)班　迟裕尧(249)
述情一中 …………………………………… 2017级(5)班　孙思奇(251)
水木清华一中园 …………………………… 2017级(2)班　冷昕谣(252)
致一中 ……………………………………… 2017级(2)班　丁一铭(253)

# 校友篇

不忘初心　薪火相传
——富锦一中建校90周年校庆征文集

제3부

## 七律·贺母校九秩

### 方海波

峥嵘长白岭青苍,浩瀚三江水渺茫。
富锦一中年九秩,边城母校寿千疆。
云杉古木清香逸,塞北刺玫红秀扬。
学海书山舟径备,勤恒诚朴铸辉煌。

(方海波,一中 1990 届校友,上海)

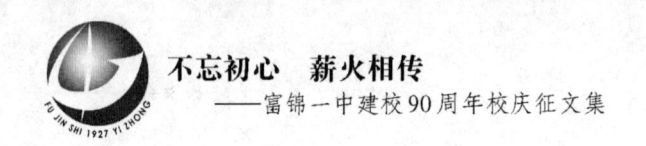

# 歌曲《故乡富锦》

付 林

1=♭B 4/4　　　　　　　　　　　　　付 林词曲

我的故乡在东北 山清水也美 千里万里
我的故乡在东北 依偎松江 乡音不改

总牵挂一生梦相随 我的故乡是平原
家乡人一辈又一辈 我的故乡是平原

天蓝地黑 百年城镇 经风沐雨 大野芳菲
冬天雪花飞 百年风景 白杨白桦 种树人是谁

浓浓乡恋 淡淡乡愁 物是人非 春燕来了秋雁走了

踏雪寻梅 富锦人闯南北 走了多久也要回

在我心中你最好 你最亲你最美 你最亲你最

美 你最亲你最美

（付林，著名词曲作家，现住北京。1964年毕业于富锦一中，1968年毕业于解放军艺术学院。在海政歌舞团历任演奏员、创作员、副团长、艺术指导等职）

# 到 农 村 去

郝 艳

手捧着当年的富锦一中高中毕业证,我仔细地看着。这白底黑字的毕业证设计很简单,内容却较多。左面正上方是伟大领袖毛主席的头像,下面印有毛主席语录,即"最高指示":"学生也是这样,以学为主,兼学别样,即不但学文,也要学工、学农、学军,也要批判资产阶级。学制要缩短,教育要革命,资产阶级知识分子统治我们学校的现象再也不能继续下去了。"右面中间印着毕业证书的正文,左上角贴着我的一寸黑白照片,照片的右下角押着红色水印,落款有"富锦县第一中学革命委员会"印章。就这么一张白纸黑字红印章的毕业证,拿在手里,我却感觉沉甸甸的。看着这张毕业证,当年盛行的革命口号、豪言壮语又在耳边响起:到农村去,到祖国最需要的地方去!那终生难忘的往事又浮现在眼前。

1968年10月29日,我们高中毕业了。在那个特殊的年代,高中三年里,我们这些只读了一年文化课的"老三届",被革命浪潮激荡着。高考取消了,我们没有机会去大中专院校学习了,只能走向社会。开始有上级消息,让我们进工厂。当时的形势,工人阶级领导一切,有地位,我们当然都愿意去。进工厂有名额限制的,在班级进行了排号。但变化很快,进厂的名额取消了。党中央发出了知识青年到农村去的号召,根据当时的政策和我个人的情况,我可以不下乡插队,留在城里。或许是受那个年代的革命激情的影响:毛主席挥手我前进,广阔天地,大有作为,或许是恋着同学时代的这个集体,或许是想带走一张嘴为家庭减少一点负担,我毅然决然地报名去农村插队落户,在广阔天地里接受再教育。

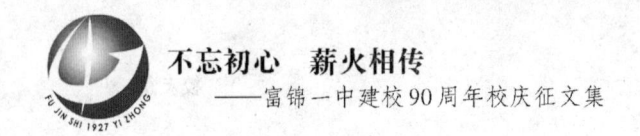

那时候，我家的情况很糟。父亲患肝癌已是晚期正在住院,母亲体弱多病,姐姐刚参加工作在太平川公社教学,每月工资31块5角钱,妹妹15岁在读中学。家里多么需要我这样的"好劳力"啊。但妈妈没有一句阻拦我的话,也没有一句怨言,只是忙着给我打点行装。我知道,家里的情况再艰难,再需要我,做父母的也不愿耽误儿女的前程,他们总是默默地承受着一切苦难。

临走的前一天晚上,我去医院和父亲告别。父亲用虚弱的声音说:"去吧,别惦记我。"我流着眼泪点点头,尽管有千言万语,但什么话也说不出。这是父亲生前跟我说的最后一句话,因为我下乡23天后父亲去世了。

1968年11月11日上午,当我们乘坐着大客车经过正大街路口时,隔着车窗,在送行的人群中我看见妈妈和姐姐依偎在一起,寒风吹乱了妈妈的白发,姐姐在擦着眼睛,我的心一阵颤抖,我知道家庭的重担就落在姐姐那消瘦的肩上。

到达落户的地方——二龙山公社共荣生产大队第一生产队,没有欢迎的锣鼓,没有喧哗的人声,只有段队长(50多岁的农民)把我们领到暂住的农户家,吃完晚饭又把我们7名女生安排到另外一农户家。天已经黑透了,我们在默默地整理自己的行装,不知是谁在无声地抽泣着,一会儿全体都哭了起来。开始是强忍着小声,再后来便是号啕大哭。我知道哭泣的原因各异,但我是在担心着父亲的病情,牵挂着家里的妈妈和妹妹。这时我才感觉到真正地离开了亲人,我们这些"下乡知青"真的要在农村安家了。

在父亲病危那天傍晚,姐姐给我打来电话,当时我还在场院干活,等社员告诉我时,我马上跑向大队部。那时候,每个村里就一台电话放在大队部,接打都很不方便,打电话先要经过当地邮电局交换台话务员转接,才可通话,接电话得现去找人。一根电话线每天还要按时传送广播节目,在广播时间就不能接打电话了。当我来到大队部时,已经来广播了,就没有接听上这个电话,但我知道肯定是有关父亲病情的事。共荣村距离县城九十里地,交通不便,路上也很少遇上车。第二天清晨四点钟左右(12月份天还没有亮),我的几位同学冒着严寒,在哈同公路上挽着手拦住从同江开往富锦的一辆客车,把我硬是塞上了车。这浓浓的同学之情我永远记在心里。当我奔到家的时候,父亲已不能睁眼了,但意识还清醒着。我喊着,"爹,我回来了,睁眼看看我!"爹说:"我睁,我睁。"但却无力睁开,因为这时爹已经进入肝昏迷状态。我握着爹的手,只有流泪的份了。后来听妈妈说,爹在最后时刻一直喊着我的名字。

7天后,我返回共荣大队。当时只有一个念头:多挣工分,年底多分点钱。当我拿着72块钱回到家交给妈妈时,妈妈流着眼泪说:有这72块钱,咱们能过年了。

我和我的同学们在以后的日子里确实做到了听毛主席的话,跟着共产党走。我们和社员们一起日出而作,日落而息,干着又苦又累的农活,挣着工分,盼着风调雨顺,盼着有个好收成。就算再苦再累,能够在同学的集体中锻炼和生活,还是愉快的。

我在这个村子里当农民(社员)一年,正好经历了冬藏、春种、夏锄、秋收四季农活一个周期的锻炼。当时农村的生产条件都是人工手工干活。春天,要动手动脚,成手社员手把种子往垄上撒种,我们在垄上用脚踩格子(撒种培土后,要用脚踩严实了,以防透风,确保墒苗);夏天,扛着锄头下地铲地除草,每块田要铲三遍地;秋天,拿着镰刀割地,把收割下来的小麦、大豆、苞米、高粱、谷子、糜子等用马车或牛车运到场院;冬天,就在场院里打场(打粮食)了,一场一场地打,马拉着滚子把籽粒压下来(除小麦、苞米外都要这样压),社员们拿着木叉子翻场,再把打下来的粮食抟成堆,然后用木锨扬场,纯粮食就出来了。此外,还要干一些农杂活。

秋收季收玉米(当地叫苞米)的时候,我们女知青大部分是干掰苞米的活。苞米秆割下来放在地上,一铺一铺的,我们要把苞米棒子掰下来,然后再把苞米秆捆上。这些苞米秆子一捆一捆地装上马车运回村里,分

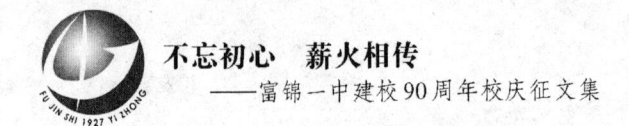

给各家各户做烧柴。记得我们开始捆苞米秆时,有几个社员就站在我身边看着,当我熟练地打上草要子捆了几个时,一个青年社员用脚踢了踢,又用手拎了拎,点点头说:没想到你会干这活,还不错。其实在十几岁时,我们姐妹(有时我一个人)每年冬天都拉着爬犁到松花江北岸割草,割下来的草当场就要捆好的。拉回来的草,一是卖到县造纸厂挣点学费或过年的零用钱,再就是要够家里一年的烧柴。多年练就的本事,有了用武之地。

麻秆长成了,割下来捆好后要放到水泡子里浸泡,这叫作沤麻。麻沤好后再捞出来,晾干后将麻秆上的皮扒下来,就可做各种麻绳子了。从水泡子里往出捞麻是一个又苦又累又脏的活,社员们大多不愿意干。那年秋天,我们几个女同学和男社员们一样下到那又凉又臭的水里捞麻。水深的地方到胸部,水面上浮着一层绿色的青苔,散发出熏人的臭味。

我每下去一次满身都起一些大大小小的疙瘩,奇痒无比,当地人称这种现象为"让麻熏的",医院叫过敏。我只能到村里的赤脚医生小诊所拿点"苯海拉明",这种脱敏药吃了是发困的。尽管这样,我还是坚持干着,因为干这些脏累活能挣较多一点的工分。

在农村,还要干一些杂活,脱坯就是其中一项。对于脱坯这个活我也不陌生,因为小的时候在家就跟父亲干过。在农村,扒炕、抹墙、脱大坯都是必干的。脱好的坯一般用于盖房子砌墙、砌炕等。有的知青挑泥,我亲自拿着坯模子脱坯。这个时候的蚊子、小咬很多,蚊子往肉皮上叮,小咬成团地飞,往头发里钻往头皮上叮,痒痒得很。由于满手是稀泥,又不能用手拍打叮上的蚊子和小咬。社员们看着实在难受,一位社员就给我一支手工卷的旱烟,说叼棵烟抽着就不招蚊子、小咬了。我本来就不会抽烟,不知深浅地就抽了起来。一棵烟吸完之后我就觉得头晕恶心。社员们说,这是抽醉了。于是就靠着坯垛睡了一上午。想起来很可笑,到现在我对烟味还很敏感。

由于各公社中学需要充实教师队伍,1969年10月,我们这个集体的大部分知青参加了县文教科主办、富锦四中（在向阳川公社）承办的师资培训班。这批培训有语文、理化、数学3个班，我在数学师资班。培训班结业后，学员们被安排到各公社中学任教。

1970年2月，我分配到砚山公社中学任数学教师。我在砚山中学任教六年，先教初中，后教高中。在砚山公社中学的岁月里，我也有很多值得回忆的经历和难以忘怀的事情。

当年一声和亲人的再见，我们来到广阔天地，我在农村一干就是七年。七年，寻常而艰苦；七年，艰苦而快乐；七年，快乐而宝贵。

1975年我调到富锦一中任数学教师，后来转到佳木斯市第十中学任教。在职期间，我刻苦进修专业文化，通过成人高考，获得了高等学校的文凭，圆了年轻时因"文革"未能实现的大学梦。

20世纪70年代至90年代，老三届知青们在各行业各部门发挥了才干，成为一股重要的人力资源。

如今，我已70岁了。退休前我只是一名普通的中学教师，没做出什么突出的贡献，只不过作为一位普通的人对社会、对家庭努力过，尽力了。在那苦风涩雨的日子里，我受到组织领导、单位同事、亲朋好友的关心与帮助，这一辈子都忘不了他们。

（郝艳，女，一中1968届校友，烟台。曾任教于砚山中学、富锦一中、佳木斯十中等学校）

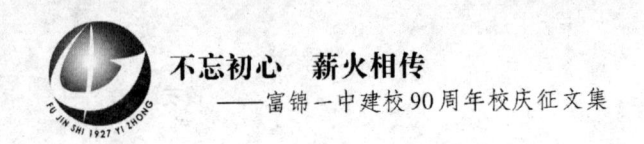

# 同　窗

郝　艳

母校九十,感慨万千;入学高中,五十余年;想起同学,偶成几言。

> 同窗,
> 烂漫校园话悠长。
> 树壮志,
> 携手迎朝阳。
> 同窗,
> 五十华年聚故乡。
> 情依旧,
> 人在水一方。
> 同窗,
> 幸福相伴梦时光。
> 老有乐,
> 但愿仁安康。

# 圆　梦

## ——我的高考故事

### 江　平

  我经历了一场不同寻常、别开生面的高考。这么多年前的事儿了，那时的情景至今历历在目，令我不能忘怀。

  那是1977年冬。一个寒冷的夜晚，雪下得好大好大。风住了，雪花还在飘飘洒洒。山村，冬闲，人们早早就熄灯睡了。夜，静静的。已经在农村生活了十年的我，还是没有早睡的习惯。我躺在被窝里听半导体收音机。在这个闭塞的地方，每天听中央的新闻和报纸摘要就算消息很灵通了。听着听着，突然，一个消息令我震惊——恢复高考了，老高三的可以参加高考了！我揉了揉耳朵，不敢相信这是真的。我推醒了熟睡中的爱人，兴奋地告诉他："恢复高考了，我们可以考大学了！"我俩激动地相拥在一起，眼泪夺眶而出，反反复复说着一句话："这下我们有希望了，我们一定要逃出去。""忽如一夜春风来"，太突然了，我无法入睡，心的闸门打开了，如滚滚波涛，汹涌澎湃……

  1966年5月上旬，在富锦一中，我们高三年级正在温课备考，升学报名手续已经办理完毕，身体检查结束，距统一高考只有一个多月时间。5月16日，中共中央政治局扩大会议通过了《中国共产党中央委员会通知》（即"五一六"通知），它标志着"无产阶级文化大革命"全面发动。从此，高考取消了。它打破了我的大学梦，上大学变得很遥远，遥远得令人绝望。毛主席和党中央的一声令下，浩浩荡荡的青年上山下乡接受再教

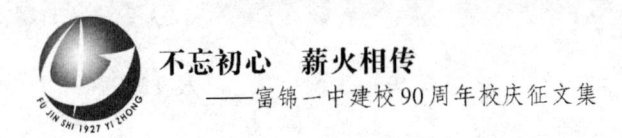

育。"无可奈何花落去",我别无选择地到了一个偏僻的山村当中学教师。我在那儿结婚生子,安家落户,过着和农村人一样的日子。我寂寂地、默默地、无奈地生活着,仿佛一叶小舟在海上漂泊。流水的岁月,日出日落,天复一天,年复一年,恍如隔世。一切都变得无滋无味,没有喜怒哀乐,没有酸甜苦辣。

多少春秋,多少冬夏,多少逝去的光阴洗去了芳华,多少昨日曾经的梦想已不再那么傻。心如止水的我相信"春风不度玉门关"……如今关闭了十年之久的高考大门终于重新打开了。不眠之夜,我呼喊——我要考大学!

我和爱人都是老高三,都要报考,而且有两个孩子,夫妻双双拖儿带仔去高考,这在当地一时间成了新闻。

那年我虚岁32,文件说老三届年龄在30周岁以下的可以报考。不知怎么算周岁,担心之余,托人把户口改小了一岁,也费了好大劲儿。

眼看着一批教学骨干要流入大学,当地教育部门为了阻止老高三报考,出台了土政策,要求老高三的要有发明创造才可报考。教师有什么发明创造啊,思来想去,想起了有一年搞公开课,做化学实验是个新方法,自己做的教具,往上靠吧——去城里科委办证书。村子离城里三十多里路,坐车5角钱,舍不得花。当地人进城一般都截拉煤车。那时司机好说话,一摆手就停。严冬,北风呼啸,坐着敞篷车,怀揣着一颗火热的心,奔城而去。托这个找那个,总算弄了个发明创造证书。办完事,天黑了,什么车都没有了,只好徒步。天苍苍,野茫茫,风萧萧,路漫漫。一路上只有我和他,互相搀扶,互相取暖,心里只有一个念头:无论多难都不能放过这个机会。跋涉三个多小时到家了,两个孩子正在哭闹,齐声喊:"爸爸妈妈不要考大学了。"我不知是冻的还是累的,木然地看着这一切。

只复习二十多天就考试了。考试时间是1977年12月5日和6日,这是第一次在冬天高考,可见中央决定恢复高考就时不我待。那年报考费5角钱。准考证像现在的名片那么大,考生注意事项写着:高举毛主席伟大旗帜,接受祖国挑选,做到一颗红心两手准备。考点设在城里。我把两个孩子寄放在邻居家,我俩去城里哥哥家,准备考试。我哥哥是1963年富锦一中毕业考入哈医大的老大学生,他帮我们俩复习、押题。考试那天早上,哥哥弄了两大碗浓浓的白糖水让我俩喝,说是可以提神儿。考试时哥哥一直在外面转悠,俨然一位家长。考场里老少三代一起上阵,我们的学生,学生的学生在一起一决高下,真是古今中外绝无仅有的场面。

1977年全国报考570万人,年龄最小的十五六岁,最大的30多岁,有27万人被录取。我毕竟有原来的功底,初试、复试成绩都是名列前茅,在小城也有点轰动。哥哥逢人就自豪地说:"那考第一的是我妹妹。"

做医生的父亲一直为我没成为医生而遗憾,为这,我的志愿全报医学院校。我们老高三录取线要比25岁以下的高100多分。我的分富富有余。可最后我被录到师范院校的生物系。我来了录取通知书,可我爱人没消息。我就说:"我不去念了,咱们在这儿教书不是也挺好的吗!"可他却说:"逃一个是一个,你先逃。"后来扩大招生他被录取到一个学校的数学系。

我们卖掉了山村的茅草房,鸡鸭鹅狗、锅碗瓢盆、破破烂烂全部送人。告别了乡亲,离开了生活了十年的山村。乍暖还寒、冰河解冻时节,迎着春风,沐着阳光,我带着儿子去上学,我上大学,儿子上小学。在而立之年我终于圆了大学梦。

(江平,女,一中1966届校友,海南。曾于佳木斯十一中任教)

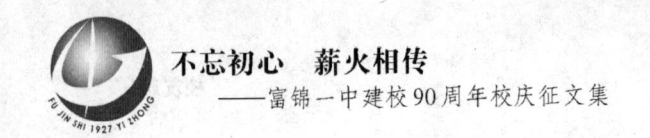

# 贺母校建校九十周年

刘 宽

喜闻一中建校九十周年佳讯,感慨颇多,占得顺口溜一首,献给敬爱的母校。

"文革"期间磨难多,命运坎坷无奈何。
人生青春知多少,分分秒秒逐逝波。
党的伟力烛光照,鞭敲金镫唱凯歌。
中华民族复兴梦,余热奉献任评说。

(刘宽和,一中1968届校友,曾任富锦市档案局局长)

# 颂　师

## 刘　宽

追忆在校期间诸位师长的辛勤哺育,心旌激荡,咏师感怀。

　　教,
　　偌大堂台授业高。
　　开拓者,
　　园丁名气豪。
　　教,
　　沥血呕心为惑消。
　　耕耘者,
　　莘莘说李桃。
　　教,
　　笨陋灵扉拼力敲。
　　功勋者,
　　誉标青史骄。

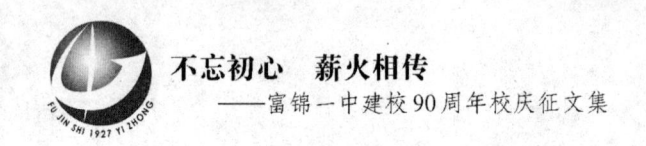

## 大学参军

刘述舜

松花江畔茅草房,懵懂儿郎读书忙。
解放战争炮声响,参军革命别家乡。

(刘述舜,87岁,沈阳。1946年毕业于富锦联中,1947年入中国医大,1953至1958年留学于苏联莫斯科第一医学院,回国后在中国医大任教,后任辽宁医学院院长)

## 留学苏联

刘述舜

时代造就从医学,苏联五年见识多。
奋发图强立大志,不枉人生为祖国。

# 寄 希 望

刘述舜

星移斗转八十年,沧桑巨变弹指间。
伟大复兴中国梦,一代更比一代贤。

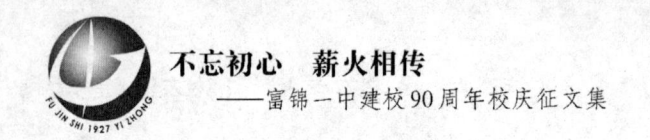

## 七律·贺一中建校九十周年

刘延复

万里乡情一线牵,古稀学子解征鞍。
欣闻同桌音依旧,感念恩师步已跚。
揽月追星身许国,劈波斩浪志如峦。
三杯老窖阳关唱,彩墨锦笺微信观。

(刘延复,一中1964届校友,曾任富锦市诗词协会副主席兼秘书长)

## 鹧鸪天·校庆感怀

刘延复

花自无言柳自摇,寒窗苦读聚天骄。功名未就年方少,水月知空岁已高。　云淡淡,雨潇潇,古稀学子赋风骚。此情笑洒三江口,珍许余霞重彩描。

# 青葱时光

孟宪颖

今日偶得闲暇，一杯清茶相伴，静静坐在这里回忆我们共同的高中生活。

时隔三十载，依然清晰地记得那座让我们魂牵梦绕的小红楼，承载着我们成长岁月的一切美好。

一进小楼大门，左右两块黑板工工整整的楷书赫然书写着学长们被录取的院校，相信一入学很多同学都受到了无声的鞭策和激励；记得课间响彻操场的朱逢博的歌曲，"太阳太阳像一把金梭，月亮月亮像一把银梭，交给你也交给我，看谁织出最美的生活……"还有催人奋进的排球女将的歌曲，同学中传唱的清新格调的《踏浪》，我们的校歌："勤恒诚朴校品芳，努力不息图自强……"至今旋律仍回响在耳畔；晚自习后县委办公室窗下、路灯下、雪地里同学们勤奋读书的身影；高一时每个同学只有两尺宽的、需要一起翻身、上下两层的大通铺；我们上间操时于校长带有亲切的辽宁口音的训诫："某某同学偷学校白面豆油烙饼，一脚将汤踢洒……"下边是熊孩子们窃窃的笑声；难以忘记的是：英气勃发的曾庆林老师给我们讲的《雨中登泰山》，记忆犹新，可惜天妒良才，英年早逝，愿他老人家在天堂安好！学校食堂永远吃不完的大饼子、喝不完的大头菜汤；58周年校庆时我们亲手铺的校园的路、栽下的垂杨柳，还有电影院里主席台上我们那些可敬的老校友，一边开大会一边拭泪的画面，是对逝去的青春岁月的感怀吗，抑或忆起了成长岁月的种种……岁月静好，三十年后，我们到了这个年龄，理解了老校友，或许是一种复杂的情感。

— 19 —

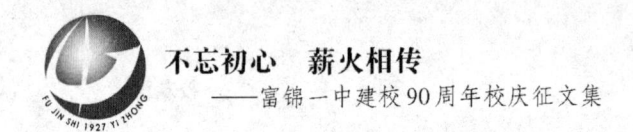

说说我们的伙伴吧，丹姐高二时转学吉林，全班同学集体送行，种种不舍，洒泪惜别，清晰如昨；文科班人才济济，阳盛阴更盛，课间时，丹姐、秋红、蓉儿等几个城里同学组成的无伴奏小乐队，一曲曲美妙的乐曲在敲击桌椅文具中愉快的流淌，整个教室充满了欢乐的气氛，让我们这些农村长大的孩子艳羡不已；和大个王忠在二楼的大厅打过一次羽毛球，活字典王忠上课时孜孜不倦地帮语文老师正字音，堪称语文课堂上的经典节目；是美女康安踩着高跟鞋咚咚咚敲击木质地板进教室的声音，是常给我解答难题的李淑波、付淑娟，是宝娟每天中午回家吃午饭时看电视回来给我们讲的电视剧，还有晚自习后宝娟一边走路，一边用鞋跟在甬路上画圈的顽皮样子；是冬天时丹姐从教室带回的一把黑伞，我们就在寒风中撑起那把伞抵御寒风，好浪漫；想起同乡建富同学每次进班级的严肃表情；想起陪伴我高中师专快乐玩耍的秋红和她的成名曲《熊猫咪咪》，想起乡党孙永兴课堂上看小说不听课，想起机智幽默热情的大个卜洪久，想起学校后边我们身轻如燕地翻来翻去的大铁门；想起水房里老邹头挥舞着炉钩呼啸而过的大声呵斥；想起丽雯，有好吃的总要分我一份，延续三十年的真挚情谊；想起懂事的雅芝、西颖、丁红，想起曾住我下铺的鲁秀云，每次回乡热情款待的老同学、邀我做客的高春艳，乖巧的讨人喜欢的付淑娟……

在七台河生活了十八年，同一个城市生活的几个高中同学俞荣春、任玉贵、徐浩大哥、忠刚、郭景华，从二十几岁年轻帅气的小伙到现在的知天命之年，几个小哥们变成了老哥们，多年的同学成兄弟，因为几家人常相聚，所以下一代的孩子也成了兄弟姐妹，同学的友情得以延续，我还收获了一份和同学夫人的友情。

感谢富锦一中，让我在人生最美好的年华遇到你们，让我结识这么多让我引以为骄傲的优秀的同窗。读书最好的富国良、徐宝东来锡城，我曾开玩笑说，唤起了我已经淡忘了的一中生活，因学习成绩不佳而引起的自卑感。国良回国，梁宝生、郭景华几个中年男人聚在一起孩子一样开玩笑的笑脸，多愿时光在那一刻多停留一会！这一切影像都是我记忆中的瑰宝,永远珍藏。

  也曾辗转反侧,想象老同学们三十年前和三十年后容颜的变化,我们见证了彼此的青葱岁月,从青涩到成熟,我们走到了人生的秋天。十里春风,不及同学长情的相伴,纯真年代结下的友情,弥足珍贵。美丽的松花江静静流淌,黑土地富锦,生于斯,长于斯,魂牵梦萦,永远的故乡。每次回乡,汽车经过富锦一中老校区,总是情不自禁地要仔细看看,希望找到当年一点点的影子。这次聚会因孩子出国上学,不能回去和大家欢聚,非常遗憾,失去和大家团聚的机会,十分抱歉,来日方长,我们还有人生的下半场球,后会有期。祝愿同学们玩得开心,真诚祝福我的每一位老同学阖家欢乐、永远幸福安康!

(孟宪颖,富锦一中 1988 届校友)

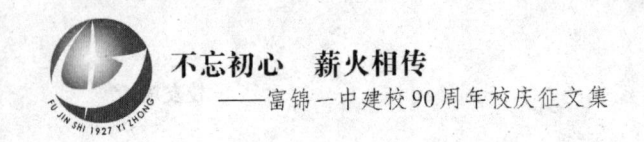

# 贺一中建校九十周年

### 潘新吉

情牵学府,不改初衷温校训;
喜庆年华,欣闻桃李遍神州。
七绝·富锦一中校友日感怀
匆匆校友滴滴水,谁不奔腾向大洋?
瀚海曾迎雷雨骤,瞬间闪电亦辉煌。

(潘新吉,一中1968届校友,曾任富锦市人民检察院检察长、市人民法院院长)

# 转眼间已经来澳大利亚十年了

邱奇辉

## 从熊猫到考拉

转眼间已经来澳大利亚十年了,从开始孤身一人独闯异国他乡的懵懂迷茫到如今的百炼成钢,静静思来,总觉这句"桃李春风一杯酒,江湖夜雨十年灯"最合心境。

因为至今拿到的几个学位都与教育相关,在澳洲也一直从事教学行业,从学前班到大学生都教过。经常有国内的亲友问我关于中澳教育的差异,我就从自身的所见所闻来聊聊以聊博诸君一哂。

## 国外的孩子学不学习?

总听见这样的说法,国外的孩子没作业不用学习。确实,澳洲小学生和中学生上课时间是8点45至15点15。作业基本没有,周末放足两天,一年四个学期每学期十周并且每个学期之间有至少两周的学期假。听起来很悠闲,但实际上有的孩子放学后的生活可能比在学校更忙。

这就要从澳洲的阶级固化谈起了,这里的顶尖学校大部分都是私立学校和一些位于富人区的公立学校。私校学费惊人,公立学校虽均是免费的,可是好学区房价惊人。

所以这里有责任心的父母基本上也是千方百计地送孩子上较好的学校然后参加各种课后兴趣班辅导班然后读好大学。很多孩子三四岁已经要同时学习多种活动比如外语钢琴芭蕾游泳网球。我的学生们有的在七

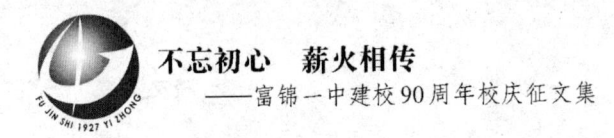

八岁时已经去过世界各国,会说三四种语言,成绩优良而且乐器运动样样不落,将来继续过他们父母的中产阶级生活甚至青出于蓝。

而那些没作业不用学习被父母放养式管理的同龄人往往更易倾向于闲玩到中学毕业甚至中途退学然后找一份仅能糊口的工作或者以领福利金为生。

所以,依我所见,无论在哪个国家,学习还是硬道理。

### 澳洲的老师好当吗?

有人问过我,你们老师假期那么多,一定很轻松吧?我想说的是教书育人,无论国内国外,从来不是一件容易的事。

这里的老师们虽然很少批改作业和试卷,但没有统一的教材和参考书,每个学校乃至每个班级所学习的内容都是大不相同由各个老师亲力亲为。自己找资料资源,根据自己班级学生的兴趣能力爱好量体裁衣设计教学内容。

平时课堂管理,组织课外活动种种。虽然每个班级里不会超过三十个学生,但要面面俱到非常劳心劳力。

但看到孩子们天使般的笑脸,一切的辛苦都转为欣喜了。

### 澳洲大学学什么专业好?

澳洲也有高考,只不过是不同的州有不同的考试。各个大学都有其擅长的领域和学科,学生们尽可以找到他们感兴趣的专业。但要说录取分数线最高和学费最贵的专业,基本就非医学和法律莫属了。这两个职业在西方国家含金量很高,再谦虚的家长提起自己读法律或者当医生的孩子都是喜上眉梢。

### 澳洲人学中文的多吗?

我爱中国的语言文化,于是在澳洲也尽自己所能来让更多的人来学习这门历史悠久的美丽语言。

在澳洲,中文不像英语一样占外语的统治地位,高考时学生们会从几十门语言中选择一门来考试。每个学校都会提供多门外语供学生学习。以前以英语为母语的澳洲学生和学校往往选同为欧洲语系的德语法语意大利语。亚洲语言以日语为主。

随着中国的国际影响日益提高,越来越多的澳洲人,尤其是来自文化程度较高背景的家庭或个人会选择将中文学精学透。中文变成了主流外语。

这些年来和我学习中文的人有孩子有成年人,他们有学习刻苦,喜欢跟我侃侃而谈太平天国但生活俭朴到开始令我误以为其家庭困难想过减免学费的大学生,结果发现他的父亲是能左右澳洲国家政局的参议员。有律师事务所的合伙人,虽然是赫赫有名的女强人但却总是谦虚地说自己的中文说得不好还会为家庭作业没时间做完而脸红抱歉。有父母都是州政府的高官的小朋友,会因为流利做完中文自我介绍得到了我的一枚小贴纸奖励而高兴地拥抱我说:I LOVE YOU。

(邱奇辉,女,富锦一中2001届校友。先后于墨尔本皇家理工大学,弗林德斯大学取得多个教育教学学位。曾工作于南澳教育厅。现执教于澳洲Westminster Shool)

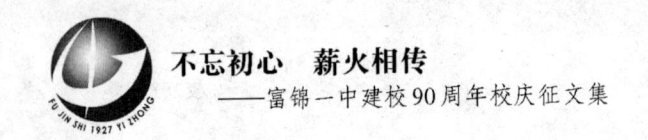

# 咏母校九十年

## 王忠诗

荏苒光阴,羲和执标。
九十华诞,伟大母校。
师长莞尔,莘莘学苗。
筚路蓝缕,因你矜豪。
与国齐休,同天并老。
先圣先哲,千古彪炳。
后辈有为,满目翘楚。
百载奇功,雨顺风调。

(王忠,一中1985届校友,上海)

## 江城子·回想松花江

杨 桦

晚风轻拂落花香。望月嫦,忆故乡。千里松江,无处不风光。轮舸几艘舢无数,争相渡,向远方。 堤边两岸柳成行。沃野黄,豆花香。一抹夕阳,红透半边江。唱晚渔舟摇橹返,平靠岸,鲤满舱。

(杨桦,女,89岁,北京。1947年毕业于富锦联中,后毕业于中国人民大学。曾任东北电影制片厂编辑,国家新闻出版广电总局处长、副局级巡视员)

## 喜逢校友日

杨 桦

八月八日好风光,无限思念忆故乡。
喜逢首个校友日,遥祝母校更辉煌。

# 七律·贺一中建校九十周年

杨树仁

云杉翠绿九十年,靓丽玫瑰布满天。
踏遍曲幽风雨路,吟来妙韵谱长篇。
神州文化何千载,孔孟书箱世代传。
富锦儿孙遵校训,勤恒诚朴砺才贤。

(杨树仁,一中1966届校友,曾任富锦六中副校长、市技术监督局副局长)

# 长相思·忆师爱

杨树仁

早亦忙,晚亦忙,踏雪披星忘暖凉。甘为事业狂。　爱心强,恨心强,冷目柔情亲媳娘。每思垂泪长。

# 沁园春·秋

衣树羽

秋深气爽,登峰摄影。山川如画,黄红绿紫,线条角形。广袤沃野,联想与感慨其中,并用伟大导师毛泽东《沁园春·雪》之原韵以咏之。

壮丽河山,色彩斑斓,五谷远飘。望群山左右,画图展展;大江南北,云气滔滔。路舞黑龙,雁翔一字,现代生机向远高。将冬季,看茫茫白雪,童话妖娆。　神州风景多娇,念赴继豪杰撑起腰。想主席信仰,斗争屹立;小平设计,开放风骚。时代精英,近平正气,追梦中兴射恶雕。坚信矣,我国强必胜,更美明朝。

(衣树羽,省特级教师,曾任富锦市教育局副局长、富锦一中校长等。)

# 贺富锦一中九十年并首个校友日

衣树羽

## 一

九秩风雨信念坚,时代变迁道相传。
复兴名校同一梦,人民学府子女谡。

## 二

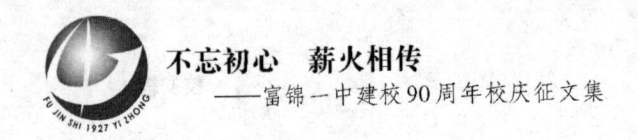

自尊节日立八八,各届友们畅迩遐。

东西南北情相系,一年一度都想家。

## 三

明月千里故乡亲,初心不忘一中人。

遥想黉友家业盛,辩证世界日日欣。

# 寻找与书写从家乡走出去的校友

衣树羽

富锦一中有九十年的历史了。九秩风雨信念坚,时代变迁道相传。九十年来,数以万计的一中人遍布各地。

多年来,我们在寻找从富锦走出去的校友人物,我也曾经计划要书写数百名校友人物。我们查找校友、收集信息的过程可这样描述:东奔西走,南寻北找,春夏秋冬未间断,风雨兼程如淘宝。

## 一

从北京到南京,从山东到江西,从上海到广州,从沈阳到成都,从水乡到冰城,从海滨到草原,从大陆到海外,我们联系的地方有数十个省市区和十多个国家。从富锦市档案局到吉林省档案馆,从东北抗日纪念馆到南下老干部寓所,从日本关东军《富锦回忆录》到《上海出版志》,从大陆各地校友的回忆录到台湾媒体的访谈录,我们从中发现和查到了很多重要资料信息。

在富锦,我们走访了日伪时期国高学校和实业女校的学生,走访了解放战争时期联中的学生,走访了新中国成立后17年一中的学生,访谈了"文化大革命"时期一中的"老三届""小三届""毛高"学生,访谈了恢复高考后历届的一些学生,还访谈了一些不同时期在富锦一中工作过的领导和教师。

在哈尔滨,我们走访了解放战争时期曾任富锦联中校长、"文革"后曾任哈师大党委书记的赵黎生先生,国高和联中时的学生洪景志、邓忠

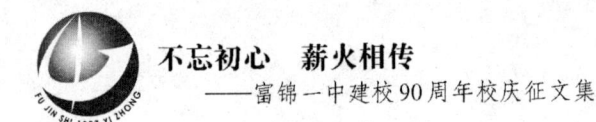

绵、张传奇、王羊、杨锦(女)、张淑珈(女)、关琦等,新中国成立后17年间的校领导及学生孙早升、陈秀河、江卫世、江平(女)、宋玉献、魏湘泽、李德香(女)等,恢复高考后的学生庞宝君、蓝慕杰、陈兴林、杨春青、张兴波等。

在沈阳,我们通过电话、信函咨询了国高和联中时的学生刘述舜、肖瑛、邓村山、牟仁吉、李鸿彬等。

在北京,我们走访了解放战争时期富锦中心县委组织部长张健(20世纪30年代富中学生、解放战争时富锦军分区司令员孙为夫人),20世纪30年代富中校长、抗日英烈张进思(张甲洲)之子张佳田和张佳心,40年代男子国高及联中时的学生张世栋、张愈、孙庆升、何贵、于勇、肖模林、王洪、侯颖、李希明等,40年代女子国高及联中时的女学生杨枫、杨桦、宋杰、安绍杰、钟鸣、彭淑珍等,新中国成立后至90年代的一中学生王克仲、孟昭兰(女)、隋喜文、潘忠琴(女)、李明正、付林、李生、于兴敏、杨志国、戴广翠(女)、宋士吉、肖厚忠、阎喜武、于春阳、纪红任、李志刚、孙文斌、陆晓明、蔡庆文、王洪全、张肇富、曹士俊、肖英、柳强、李清海等。

在上海、广州、南京、南昌、青岛、开封、石家庄、邯郸、张家口、大连、抚顺、呼伦贝尔、鸡西、大庆等地,我们通过电话、信函、网络等咨询了20世纪30年代富中学生龚华林之女龚欣及女婿吴铁铮,40年代国高和联中时的学生段孝萱(女)、唐素维(女)、富维骏、蓝云、张长安、高桂荣(女)、周景学、王泓远、牟树棋、马治、于达仁等,50年代的一中学生姚恩亮、程虎、薛贵仁等,抗美援朝时在学校直接参加志愿军的张有志、吕玉林、肖凤珍(女)等,恢复高考后的学生樊庆刚、石学法、麻晶莉等。

对于海外的校友,我们通过信函、网络、来访、接待等方式,与在美国的黄笑吾、王喜军、尚丽娟,在英国的富国良,在法国的任慧敏,在德国的杨国炬,在日本的黄山,在瑞典的孙鲲,在俄罗斯的周慧珠,在澳大利亚的邱奇辉,在马来西亚的张晓丹、张小田,在新加坡的王黎,在伊拉克的谢凤春,等等,进行交流。

在查找建校前后情况及人物时,我们冒着大雨去往长春。因为民国时期富锦属吉林省管辖。在吉林省档案馆,我们查清了富锦县立中学校(富锦一中前身)1927年建校前前后后的情况(厘正了《富锦县志》中的不正确记述),查到了学校成立时的第一批教职员情况,第一届毕业的23名学生名单及学业情况。回来的路上,本应该在晚上九点到家,结果,我们的车因出现故障抛锚在哈同公路上,怎么也打不着火了。等机关车队派车来把我们拉回来时,天已经亮了。

## 二

我们搜寻曾在富锦一中担任校长而又没有信息的人物,尽管他们已不在人世间了。

富锦一中的校史展览馆里,历任校长照片中有六位没有真照片,只有美术老师做的不知本人真相的画像。这六位是:付德恩、刘宗汉、高尚弼、胡炎、王慎失、张今栻。此外,还有一位解放战争时期经常主持学校全面工作的女副校长——翟颖,她是一位很有能力、很能干事的领导,当时在学生中和社会上评价很高,影响很大。多年来,我们在寻觅这七位校长的经历及最后的工作地区和单位,收集他们的真人照片。现在,有五位校长的简历已整理出来了,有四位校长的照片已经找到了。而寻觅每位校长人物的过程,都是那么有故事。

我们寻找胡炎校长的下落和资料,从开始搜索到最后找到照片,历时八年。胡炎先生1947年春从东北大学到富锦联中任校长,1948年南下。传说新中国成立后他工作在上海,却不知他具体的单位和职务。找了一年后,我在《上海出版志》(人物卷)中查到他的情况,得知他最后在人民美术出版社任社长。斯人已去五十多年了,也不知其子女今在何处,查找他的照片太难了。直到2015年3月,从未相识从未联系的老校友、87岁的富维骏先生从上海打来电话,他是通过北京的老校友杨桦女士得知我电话号码的。他打电话想要《故乡 母校 黉友》这本书,我给他寄去了。4

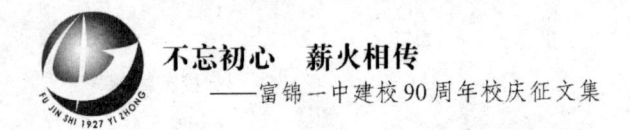

月上旬,我问他是否知道胡炎的情况,他说不认识胡炎,胡炎来富锦之前他就离校了。我向他介绍了胡炎的简历,并说如有方便的人帮助我去人民美术出版社查找一下。富维骏先生真办事,他安排一位文艺社的熟人到人美社去,找到人事科长,开始人事科长说,这样的人物档案可能在上海市出版局。这位同志就去了出版局,而出版局的人又说,胡炎的档案不在这里,还应该在人美社。于是,这位同志又来到人美社人事科。人事科长一查,果真在这里,档案上还有两张照片,但是人家不给提供,说你是个人来的,不是公家的人,要以公对公才行。这样富维骏先生又给我打来电话,说明了情况,并且给我提供了人美社人事科长的姓名和电话号码。4月16日,我接通了人事科长(一位女士)的电话,并说明了理由和用意。人事科长热情主动地表示翻拍后给我发过来。第二天,她真的就把照片给我发过来了。这正是:八年寻找千百度,得来好不费工夫。

胡炎先生在延安大学参加整风学习后,经华北大学来到东北大学,在东北大学任社会科学院副院长。1947年2月,根据中央东北局决定,派遣东北大学干部分赴各地区接管中学教育,胡炎先生到富锦联合中学任校长,同时任富锦中心县委委员。胡炎校长在富锦联中工作时,对工作极端负责,认真贯彻党的方针政策,对师生的政治思想教育十分重视,使师生的政治思想转变,革命觉悟提高,学生们要求参加革命的越来越多,形成了高潮。他们有的参加了前线服务团,有的上了军校、医大、东北日报社、东北电影制片厂等地,为解放战争做出了积极贡献。1948年春,胡炎校长入关南下。新中国成立后,先后任上海文化出版社社长、上海人民美术出版社社长兼上海市美术家协会党组书记。1959年9月被错定为"反党分子",自杀身亡。"文革"后组织上为他平反,恢复了名誉。

查找王慎失校长的情况更是曲折艰辛。王慎失,原为第三区(花马)区委书记,1948年春任富锦联中校长,1949年春南下。传说他爱好哲学,最后在中国人民大学当哲学教授了,而我在中国人大哲学系里查寻自建系以来的教授,没有此人。再从网络上百度搜索人名,有个叫王慎失的作者,20世纪80年代初他在内蒙古一个社科杂志上发表了两篇关于辩证法的论文。从爱好哲学专业的角度,我判断应该是我们要找的人。于是,我从内蒙古地区托人查找,没有结果。后又搜索到他1982年在东北师大出版社出版了一本《辩证法新议》,经查,在网络旧书摊上有这本书,然后,我又让富锦一中教师通过淘宝网查寻,终于把这本书淘来了。书上没有作者简介,但作者有篇《自序》,最后落款是:河北大学。我在河北大学的网站里搜索到他的简历。河北大学在保定市,接着,我又通过在保定市公安局的朋友寻找王慎失的子女。几天后,保定市的朋友来信了,说河大有此人,王慎失有个儿子在河大保卫处,并有手机号码。我与王慎失之子取得联系后,说明了编写《富锦一中校史》人物部分需要王慎失先生的简介,一中校史展览馆还需要王先生的照片,他答应了,还留下了我们的联系方式。可是,不知什么原因,等了两年也没有信息。最后,我们通过在河大读书的富锦一中学生在那里直接去找他,并给这位学生下了"死任务"——必须办出来。不久,这位学生就把拿到手的资料和照片发过来了。

王慎失先生1945年从延安赴东北开辟根据地,1946年来到富锦,任富锦中心县委委员、第三区(花马)区委书记。1948年3月,调至富锦联中任校长,同时为县委委员。1949年春南下。新中国成立后历任抚顺市教育局局长、东北师范大学政教系主任、教授,中国社会科学院哲学研究所研究员。1957年被错划成右派,下放到内蒙古自治区,在内蒙古社会科学院任哲学研究所所长、研究员。1982年调入河北大学哲学系,任中国哲学教授、研究生导师。

寻找张今柣校长也颇费周折。张今柣先生于1952年从富锦县中学校调往呼兰县中学任职,以后此人再也没有任何信息。2009年,我们到哈尔滨看望赵黎生先生(原富锦联中校长、哈师大党委书记),并约他为《富锦一中校史》写篇序文。在我谈到还不知怎么能找到张今柣的资料时,赵黎生夫人杨锦女士说,他有个女儿叫张淑珈,也是富锦联中的学生,

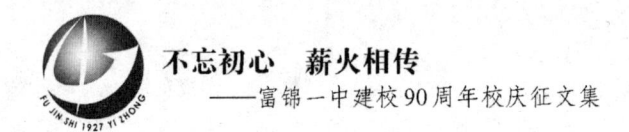

后来在黑龙江歌舞剧院当过演员。这个线索非常重要,我开始寻找张淑珈。到了黑龙江歌舞剧院,那里的人说没有这个人。我又到哈尔滨话剧院寻找,剧院收发室的人说,管人事的人不在,叫我星期一来看看,并给我留下了人事处负责人的姓名和号码。回来后的两年中,我想起来就给话剧院打电话,无人接听。2010年8月,我终于打通了那个话剧院人事的电话。剧院人事处长说,本院没有这个人,让我再问问其他的剧院有没有。我按照她给我的电话号码打通了哈尔滨儿童剧院的电话,但人事部门回话说没有这个人。后来我又打电话找话剧院这位人事处长,说明了我找这个人的用意,她问我,你找的这个人是男的还是女的,我说是女的,按她的年龄应该是离休的。她说:"你等一会儿,我给你打听打听。"不一会儿,她回话说:"你要找的人不是我们单位的,她男人在我们单位工作过,但人不在了。我知道她女儿的电话,你记下吧!"太好了!有眉目了。我打通了张淑珈女儿的电话,说明了情况。她让我一周以后再打电话,因为她母亲有病在医院。一周后,我与张淑珈女士联系上了,表示过些天我专程去拜访。不久,我们去哈尔滨到了松北区张淑珈的家,还给她带来一份富锦一中建校八十周年校庆的纪念品。那年张淑珈80岁了。她把家里的相册打开,一张一张地给我们解读。她说:"我也是富锦联中的学生,毕业后我参军到东北民主联军文工团了,演出了很多节目。后来我就到黑龙江艺术学校当教师了,著名龙江剧表演艺术家白淑娴就是我班的学生。"她指着我给她的校庆画册上的照片说:"你们那画册上我父亲的像是画的,一点都不像,我父亲长得很像鲁迅,还留个小胡子。他语文课讲得可好了,他是奉天文学专科学校毕业的。在呼兰他被打成右派后,在学校还烧过锅炉。可惜,没等到平反,他就去世了。"复制了张今栻先生的照片后,关于他的简历,家里人一时还弄不清楚。2010年9月,我们到呼兰区(此时呼兰县已划归哈尔滨市)档案局查找,之前我用电话沟通过。档案局就在呼兰区委区政府院内,不用说,大门不是随便进的。我主动拿出身份证登记,并说明到档案局查老干部档案,那天的那个门卫是个

校友篇

"大明白"却不知自己是干什么的,开始不给登记也不让我进,却回答说:"档案局是查离婚的,哪有老干部?"跟他说不明白,我只好打通档案局电话让他们跟门卫说,那个门卫才明白。档案局的工作人员热情地接待了我。在那里能查到的文件上仅有一点点,得知他在呼兰二中任校长,还任过呼兰县政协副主席,1958年被打成右派分子。不久,还是张淑珈女士她们把张今栻先生的简历整理好,给我寄来了。

张今栻先生工作过的地区、单位很多,阅历较丰富。民国时期,他在抚顺、绥中、怀德、开原、哈尔滨、沈阳等地先后任教师、校长;日伪时期,他在依兰国高、佳木斯师范、富锦女子国高等地先后任教师、校长;新中国成立后,他在富锦两级中学、富锦联中、富锦中学先后任校长、教师、校长。

寻找翟颖校长是由于老校友们的呼吁。一次,我们在京城与1947届校友们交谈,老校友们说,翟校长是位很有水平的女性,当时在学生中影响太大了,我们很佩服她,这个人物应该写。我当场向何贵先生约稿,请他写一篇翟颖校长的文章。不久,何贵先生与几位老同学回忆,写了一篇《巾帼不让须眉——忆富锦联中女校长翟颖同志的二三事》,给我寄来了。传说翟颖校长1948年春南下了,我们继续寻找她的资料和照片。2009年4月28日,我们到北京张健女士家里访问,张健女士86岁了,是富锦新中国成立后从延安来富锦的老干部,时任富锦中心县委组织部长。我们在她家里看到一张集体照,是一张13位女干部的合影,照片上写着:"临别纪念于富锦留影,1947.8.15"。我判断:这里肯定有翟颖。于是,我翻拍了这张照片。回来后,我先后找当年的学生们,让他们从照片中认翟颖校长,最后终于把她确认出来了。

翟颖1938年入党,曾在陕西做统战工作,环境恶化后,奉命返回延安,曾在陕北公学、抗大、女大等校学习。在女大任过政治处秘书。1942年至1945在中央医院工作。抗战胜利后1945年底来东北。1946年夏来富锦,任干部训练班主任、富锦联合中学校副校长。她不论是给干部做报告,还是给学生讲政治课,大家都很愿意听。作为中心县委宣传部长兼任

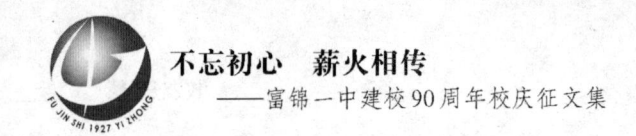

富锦联合中学校长的刘德本，不能总在学校，学校的日常工作就由副校长翟颖主持。在《1946年下学期富锦县教育工作总结》中给予学校和翟颖校长这样的评价："自治会、学级联合会、讨论会、批评会、娱乐会都很有计划地经过了学生自己的手建立起来了，而且经常地活跃着，所以，学生能自己管理自己，互相学习。有模范学生出现之后，更走出了学校，与社会联系，出演新剧，慰劳军队，给社会人民一个启发。特别在反美运动周内，所收的效果为更大……实际上是联中翟校长的领导，加上教师的努力所取得的。"1948年春，翟颖离开富锦入关南下，新中国成立后任职于国家计划委员会。

还有两位校长的简历和三位校长的照片没有找到。他们都是日伪时期在学校任职的，分别是：付德恩、刘宗汉、高尚弼。他们去向不明，子女下落不明，目前还没有线索。日伪时期的这所中学（国高）属于省立学校，校长由省里任命，因此我们判断：他们的档案现在有可能存放在省档案馆。为此，我们曾经带着市政府的介绍信到省档案局查找。没想到，那里接待我们的工作人员是位中年妇女，态度令人心冷。她说日伪时期的档案不对外公开，这我理解又不理解，不理解的是因为来之前我曾打电话询问这里接待处的人了，她答复说可以查，有单位介绍信和身份证就行，没说不公开，不然我们就不会千里迢迢专程赶来。更令人心冷的是，她很不耐烦不愿搭理我们在玩电脑不说，还说了一句很不中听很不对头的话："你懂日语咋的！"这话听起来，似乎她"大明白"却又反衬她不懂档案业务。与吉林省档案馆相比，天地之别，那里管理得好，服务好。呆站了一会儿，我说："我们到吉林档案馆吧，他们那里让查呀！"旁边一位女士说："我们这里的档案在整理中，没法查。"就这样，她们把我们打发了。

寻觅校长人物到此告一段落。

## 三

日伪时期，三江省立富锦女子国民高等学校（人们简称"女子国高"）

仅有不到三年的历史,它是1943年春由富锦实业女校改制而来,1945年"八一五"光复后又改为富锦女子两级中学校。女子国高共招收了三届女学生。《富锦县志》上没有女子国高的记载,富锦档案馆和一中档案室也查不到相关文件。我们要弄清楚富锦女子国高的各方面情况,把它写进校史,同时也是填补富锦史志的空白,于是,我们开始了寻找当事人的行动——寻找第一届女子国高的人物。

通过有关人员介绍,我们在北京联系上三位老校友:杨枫、杨桦、宋杰,她们都是富锦女子国高第一届学生。2011年冬季,借三次出差北京的机会,我们亲自去拜访她们,她们热情地接待了我们。她们仨都80多岁了,身体健康,精神矍铄。通过她们的回忆和介绍,我弄清了女子国高时期学校的学制、课程、活动、教师、学生以及光复后学校的改制、合并、学生去向等情况。她们还给我们提供了一些非常珍贵的老照片和文字资料。回来后,我根据收集到的第一手资料,就把伪满富锦女子国民高等学校的这段历史写出来了。

富锦光复后,女子国高改制为富锦女子两级中学,一年后女子两级中学又与富锦两级中学(没冠以"男子"字样,实则男子两级中学)合并为富锦联合中学。这三位女性继续在改制及更名后的中学读书,由于革命工作需要,她们先后走出富锦。

杨枫,原名杨桂馨,在国高和中学时担任学生会主席、班长。她于1946年8月离校参加了土地改革运动。同年10月,入合江军政大学北满分校(校址佳木斯),学习革命理论和党的各项政策。1947年5月调回富锦在县委地方干部训练班工作,8月她在干训班加入中国共产党。1948年在城区区委会做地方工作。1948年底到佳木斯合江日报社任编辑。1949年5月随合江、松江两省的合并,转入黑龙江日报社工作。1950年1月调入哈尔滨工业大学任校长秘书。1950年5月调到沈阳中共东北局宣传部工作。1950年10月调回哈尔滨在东北农学院工作,历任学生科副科长、党委宣传部副部长,直到"文革"。期间曾于1959年9月到1962

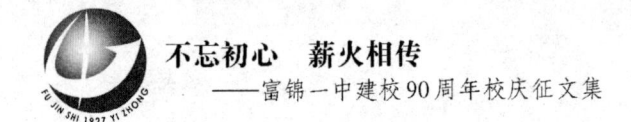

年9月被保送入黑龙江大学哲学系(干部班)学习三年,毕业获学士学位。1976年调到哈尔滨电工学院任党委宣传部副部长,1978年调入哈尔滨工业大学任党委宣传部副部长,1982年7月任党委统战部部长,直到1984年5月离休。杨枫在工作上积极努力,不甘人后,得到组织上和广大群众的好评。

杨桦,原名杨凤英。她于1947年6月从富锦联中离校,赴兴山(鹤岗)参加东北电影制片厂第一期训练班学习。1948年分配到东北电影制片厂艺术处编译科,做简报、资料、幻灯片等编辑工作,同年初加入共青团后任团总支副书记,10月随东影迁厂至长春市,12月加入中国共产党并任东影第四期训练班辅导员。1949年6月调厂刊《东影通讯》任编辑。1950年2月调北京中央电影局研究室工作。1951年—1952年,在中国人民大学学习。1951年回电影局在苏联专家办公室工作。同年,专家办公室撤销,回计划处工作。1957年8月调规划处工作。1964年调局宣传发行处组织影片审查工作。"文化大革命"开始后,1969年下放湖北咸宁文化部五七干校劳动锻炼。1971年从干校回京调国家出版局,先后在办公室、人教司,历任处长、副主任、副局级巡视员等职。1990年离休。曾参加中国当代作家代表作陈列馆为创作员,澄霞诗社社员。她热爱诗词书画艺术,现为中华诗词学会会员,曾创作发表多首作品,多次获奖。2007年由北京图书馆出版社出版诗词集《锦华吟草》。著名电影表演艺术家于蓝在书的序言中这样描写她:我们的杨桦,当时是年仅18岁的一位少女,却毅然决然地离开了自己富裕的家庭,选择了兵力处于弱势的中国共产党和人民的力量!她在1947年6月考进了东北电影制片厂第一期训练班。我担当了他(她)们的指导员。对他们那一批男女青年,风华正茂,热血沸腾地拥向人民,拥向共产党,白大方同志(班主任)和我以及所有的老同志都是那么地喜爱和珍惜他们!事实也证明了,当他们训练结业的时候,正好迎接着中华人民共和国的诞生,他们无条件地服从了祖国的需要,奔赴各自的岗位,日后他们都为党和人民做出了重大的贡献。在那个激情的年代里,人民的需要总是第一位,像杨桦同志更是表率,不仅努力学习,政治上进步很快,参加革命第二年就加入了共青团和共产党……以后,她不断地服从需要,调动了好几处工作……她的晚霞却依然娇嫣,霞光照人!

宋杰于1947年6月毕业于富锦联合中学校。同年6月,东北电影制片厂到富锦联中招生,被白大方选中,进入东北电影制片厂学习。1948年参加新中国第一部故事片《桥》(导演:王滨)的拍摄,任场记;1949年参加影片《无形的战线》(导演:伊明)的拍摄,任场记;1953年参加影片《结婚》(导演:严恭)的拍摄,任导演助理;1954年参加影片《英雄司机》的拍摄,任场记。1955—1956年,调到中央文化部电影局电影学校任苏联专家伊万诺夫的秘书。1956年9月,入北京电影学院导演系学习,1960年毕业,分配到北京电影制片厂任导演。1963年参加中央农村文化工作队,编剧并导演歌剧《李春喜闹病》;1979年在《李天保娶亲》中任副导演;1980年改编并与孟庆鹏合作导演影片《草原枪声》;1983—1985年与董声涛合作改编并与张宁合作导演拍摄完成故事片《酸辣姻缘》。影片《酸辣姻缘》拍摄完成后,1986年领导指定为当年向"三八"国际劳动妇女节的献礼片。影片在北京及全国各地放映后得到了电影界有关领导的肯定,得到了观众的普遍欢迎,创造了当时放映影片中上座第一名——平均每场804人的成绩,售出拷贝179个。"三八"节过后,电影局来信,称这部电影为当年最有艺术特色的一部片子,并要求宋杰在《电影导演探索》第六期写总结经验。北京电影学院导演系教授、电影教育家干学伟说:"这部片子之所以好是因为人物性格站得住,也紧紧抓住了时代的脉搏,与观众产生了共鸣。"离休后的宋杰常为电影事业而工作着。

## 四

富锦一中有着优良的革命传统和爱国精神。富锦沦陷时期,在日伪当局推行奴化教育中,师生们不甘屈辱,不甘当亡国奴,以张进思(张甲

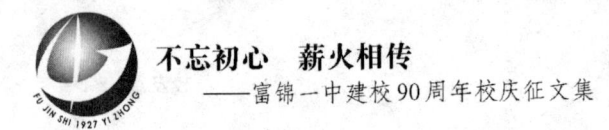

洲)、于天放(于九公、于树屏)为代表的学校爱国精神为:爱我中华,抗日救国。解放战争时期,以52名初中进步学生组成的前线服务团为代表的学校爱国精神为:服务前线,解放全国。新中国成立之初朝鲜战争爆发后,以19名初二学生集体参军为代表的学校爱国精神为:抗美援朝,保家卫国……

张进思、于天放的爱国英雄故事广为流传,而前线服务团和学生志愿军的情况却鲜为人知。这些无名英雄们都在哪里呀?那些年,我们在寻找他们。

2002年7月,居住在北京的安绍杰女士在老同学的陪伴下来了。她就是当年在学校积极报名参加前线服务团的10名女生之一,并且担任前线服务团的副团长。初识安绍杰,令我感动。她说:我在富锦什么亲属都没有了,这次回来到富锦和哈尔滨做两件事,一是调查,了解一下解放战争时期富锦军分区的事情,二是感恩,看望我的母校,看望我的两位恩师,小学时的吴永胜先生,中学时的赵黎生先生(后来为哈师大党委书记)。参观了母校的校史展览馆后,安绍杰表示回京后把前线服务团的情况整理好,连同前线服务团的合影一并寄过来。

一个月后,北京来信了。由王可、安绍杰、钟鸣、肖模林等前线服务团成员回忆整理出来的《富锦联中青年学生前线服务团简介》和一张服务团临行前的合影照片摆在我的面前。这张照片是1947年10月13日合江省主席李延禄到富锦为联中青年前线服务团授旗时的合影。照片上,一面带有镰刀斧头党徽标志的红旗在这个集体的中间熠熠闪光,红旗上绣着"富锦联中青年前线服务团"。前线服务团成员是以联中东北民主青年联盟(简称"东北民青",系共青团前身)的盟员为主吸收全校的先进学生。52名学生中,有男生42名,女生10名,年龄最小的才15岁,最大的20岁,一年级学生有5名,其余为二、三年级的学生。

后来,我又让北京的安绍杰、肖模林等、沈阳的肖瑛等联系已知的居住在各地的原前线服务团成员回想名单,争取把52人的姓名都列出来,我要写到文章里,让人们知道他们。由于时间久远,再加上大多数成员在新中国成立后更改了名字,很遗憾,到现在还有19人名单没有列出来。已知的富锦联中青年前线服务团成员名单如下:

女生名单(共10名):安绍杰、钟庆兰(后更名为钟鸣)、任学义(任哲)、陈峰、赵英、刘凤兰、吴春英(洪涛)、程静芝(程鹏)、王孝廉(邱伟)、何梅芳。

男生名单(共42人,现回想起来的有23人):王毓庭(王可)、任连印(任连)、于勇、李治民(李珉)、肖自实(肖瑛)、肖模林、尹奇、康玉林、杨野、黄涛、王毅、王光明(王达)、刘锦富(刘朴)、张焕民(明宣)、朱殿禄(朱启)、杨植才、李毓文、殷汝涛、王柏青、王玉岩、董光斗、孙贵才、徐耀文。

服务团到前线服务的时间定为三个月。出发那天,全校师生都来送行,正大街上挤满了人,家长们都在松花江岸边客轮码头等候送别自己的孩子。

这52名初中学生组成的前线服务团编为3个中队。到了哈尔滨,经过3周的学习,学生们换上军装出发了,服务团按照兵站安排的路线赶到东北民主联军第一纵队(后为中国人民解放军第38军)政治部报到。服务团由纵队宣传队管理。纵队宣传队是一个综合性的文艺单位,平时下部队采访、创作和演出,战时参加担架队、运送和护理伤员,还宣传发动群众进行土地改革、支援前线等。

战争形势的发展和部队的扩充,需要有大批的有一定文化知识的青年充实部队。前线部队领导非常希望这批学生不是服务三个月后就回去,而是争取更多的人参军参战,成为一名正式军人。面对新的情况,学生们是放弃学业,参加革命,还是继续读书,求学深造?这是一个两难的选择。经过同学间的充分交流和个人的深刻思索之后,绝大多数同学把祖国需要放在了首位,决定放弃学业,投身革命战争。服务团成员中有45人正式报名参军,成为光荣的民主联军战士,有7人圆满完成前线服

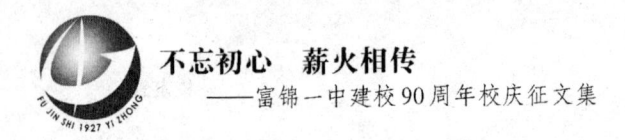

务任务后，于1948年4月返回富锦，走上了新的岗位。

在解放战争中，这些入伍的同学们参加了四打四平、围困长春、辽沈战役、平津战役，直到渡江南下，解放广西、云南。新中国成立后，这些同学一部分陆续转业到地方工作，在部队的同学又参加了抗美援朝战争。

1950年朝鲜战争爆发后，党中央做出决定：抗美援朝，保家卫国。富锦中学校的学生们积极响应号召，报名参加志愿军。经过批准，首批从学校直接参军的有19人，都是初中二年级的学生，其中有女生9人，男生10人。他（她）们成为新中国首批雷达兵。据当时在初中班读书的学生姚恩亮说，正在富锦中学校读书的同学陆续当兵参加志愿军的有四五十人。

今天，我们试想一下：若是动员现在的初中学生参军上前线打仗，家长和学生本人会是怎样的情形？也许是时势造英雄吧！不管怎么说，那些热血而勇敢之少年男女，正如作家魏巍笔下"谁是最可爱的人"一样，值得歌颂，值得书写。

于是，那些年我们也在查找这批校友们。2007至2010年，我们先后联系上居住在大庆的肖凤珍（女）、呼伦贝尔的张有志、大连的吕玉林，三位老校友不仅为我们提供了生动的回忆录，还提供了珍贵的老照片。

张有志在《富锦中学19名学生投笔从戎走上抗美援朝战场》中写道：

"1950年10月下旬，在富锦中学校礼堂召开的动员大会上，师生们义愤填膺，争先恐后登台发言，决心用鲜血和生命保卫祖国，决不当第二次亡国奴！许多男女学生咬破手指写血书要求参军参战。老校长张今轼发言说：'我老了，拿枪打仗怕跟不上队伍，但我能做饭，为战壕里的战友送饭！'会场上响起热烈的掌声。不久，东北军区决定：从老解放区原松江省招收150名高初中学生当新中国第一代雷达兵。招兵指标分别下达到哈尔滨市、牡丹江市、呼兰县、富锦县、密山县、延寿县、双城县、巴彦县、宁安县等的15个中学。富锦中学校参军19人，都是初中二年级的学生，其中女生9人，男生10人。这是富锦中学校首批直接在校参加志愿军的学生,之后又有一些学生参加了志愿军。

首批参军的这19人,女生有:于玫、方希贤、史秀琴、肖凤珍、孙俊杰、孙焕然、张淑范、鲍素文、焦杏云;男生有:张有志、吕玉林、李贵章、温仁义、王永成、由长福、张明祥、陈英民、曹德林、崔吉生。论人数仅次于哈尔滨,而且只有哈尔滨四中和富锦中学有女生参军。

我们这批新兵原计划在沈阳训练一年,后来因为前线急需,所以集训了半年就编入连队参战了。在战斗中有多人立功受奖。李贵章立三等功一次。张有志领导的战斗小组立集体三等功一次。曹德林在敌机轰炸雷达连时,小腿负伤。于玫顶风冒雪背大绳爬上木制14米高雷达天线顶端,把天线捆好,避免一场恶性事故发生,立大功一次,她的事迹编入连环画书里。后来,她在一次执行任务时不幸牺牲了。一天,一架美国高空侦察机侵入长春一带领空,肖凤珍及时发现,连续跟踪,判断正确,得到丰满防空司通信嘉奖。她对101雷达反干扰设备进行革新,提高了工作效率,多次受奖。"

我看了吕玉林校友的回忆录《一个雷达技术干部的成长》。在硝烟弥漫的朝鲜战场上,在夜间无照明的条件下,他圆满地完成雷达的架设、监测、撤收等任务。回国后,他开始了艰苦卓绝的国土防空战斗。他成长为雷达团副团长。他常年战斗在海岛上、高山上,多次执行重大任务。他带领全团多次完成对我国发射的导弹、卫星的观测任务。他不仅是位雷达技术干部,还是一位雷达技术专家。他刻苦学习和钻研,多次对雷达技术改进和革新,曾荣获三等功。1972年北空成立教材编写小组,由他担任组长,共编写出3本书,这3本书由空军司令部于1976年出版,下发至雷达部队使用。

大浪淘沙,涌现多少风流同校友;时光流逝,搜寻百千优秀故乡人。

我曾经说过,就联系校友和联谊校友而言,我先是责任者,后为志愿者。在任校长期间,我当然是位责任者,离任校长后,就没有责任了,但一些校友们总激励着我,令我成为志愿者,一位老志愿者。于是,我自愿把

联系校友和联谊校友的事做好。只要是值得书写、值得宣传的人物,我就去收集,无论老少,无论男女,无论死活。这也是我的一个善举。我秉持着富锦一中校友的理念:爱家爱校,至善自尊。

那些他们和她们的陈年旧事,就像一坛坛陈酿的老酒,越陈越珍贵,越久越醇香;那些他们和她们的真实故事——在他们和她们看来很平凡而在今人看来却很传奇的故事,让我们在融融春光里或茵茵绿地上,红红果树下或纷纷瑞雪中,雅雅书屋间或频频举杯时,慢慢说与你听……

# 为 荷

杨廷玲

"菊,花之隐逸者也;牡丹,花之富贵者也;莲,花之君子者也。予独爱莲之出淤泥而不染,濯清涟而不妖。"

——周敦颐

独爱！为荷？

为实现美好的梦想,为融入伟大的事业！

为荷唱首美好纯良的歌。早荷含苞待放,青翠欲滴,小荷尖粉,稚嫩却充满希望,纯粹且渴望成熟,吸纳天地之精华,朗朗乾坤,清清正气,微风抚荷叶,珍珠落玉盘,那何尝不是拼搏的汗珠和感恩的泪珠……

为荷唱首清正坚韧的歌。午荷柔韧绽放,虽温润如初,却坚挺不阿,炙烤中修养了心性,褪去朦胧的混沌,愈渐愈清荷的本色,愈辨愈明荷的方向。她放下矜持,扎根泥土,吸纳养分,兼收并蓄,她舞裙舒展,舞影婆娑,她无畏风吹草动,清正不阿,她倾情绽放,赢得一池生机,展了一塘春色……

为荷唱首智简和谐的歌。晚荷静默伫立,虽残损仍不失真我本色,折腰为晚秋,零落不遮掩,莲子心连心,莲蓬同济舟,以真实无我的姿态展示自然的规律,以团结和谐的睿智演绎传奇的人生。

为荷？为荷(和、合)！

(杨廷玲,富锦一中1993届校友,现任富锦市文联主席)

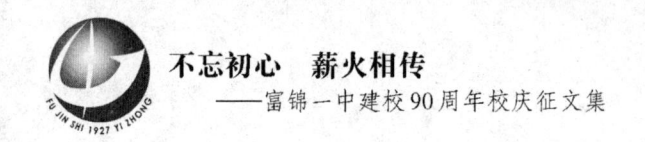

## 七律·一中建校九十周年感赋

张福君

芬芳桃李涌长澜,政绩斐然壮教坛。
师德当先齐瞩目,校风为贵尽开颜。
人才广博寻真谛,事业兴隆得大观。
赤帜劲擎扬特色,勤恒诚朴耀坤乾。

(张福君,一中1966届校友,曾任一中副校长)

## 七律·贺富锦一中校友日

张福君

师生共绘识途吟,喜赋长歌涤俗尘。
校训高悬彪教义,黉门大启冠文林。
芬芳学子无穷碧,荟萃英才别样新。
砥砺前行收捷报,如诗岁月写情真。

# 黑　土

张利弓

冲击在三江平原腹地

比孩子的头发还黑

比含泪的珍珠还亮

攥一把流油

掐一下淌水

闻一闻青春芬芳

摸一摸岁月沧桑

着意水墨

也辅丹青

富饶锦绣

粗犷辽远

耕耘勤劳和质朴

孕育勇敢和智慧

只要浸透汗水

种块石头

都会绽出金子般的光泽

（张利弓，一中1987届校友，现任富锦市文联副主席兼秘书长）

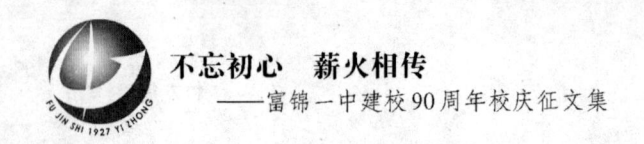

## 白　雪

张利弓

漫天遍野的云朵

难以琢磨的精灵

乌尔古力山张开瑟瑟的双臂

尽情地拥抱你

松花江水停下疾驰的脚步

深情的等候你

天地一色

身心合一

白雪 雪白

想有多高远就有多高远

想有多纯洁就有多纯洁

簌簌而下 不扰清梦

咯吱清响 蓦然惊醒

她是天使

让纷扰的尘世读懂上苍

一只青鸟

衔片片柔情

在天地间飞翔

# 粮　都

张利弓

中国大豆之乡
中国东北大米之乡
连续十余次全国粮食生产先进县
北国粮都
这些响当当沉甸甸的称谓
像储存在仓子的粮食
没有一点水分

我们富锦
缺啥就不缺粮
就像有人缺啥就不缺钱一样

有粮　身板硬朗
有粮　心里不慌
放眼无际的良田
还要走生态　绿色
轮作　休耕这条路子
把富锦的黑土伺候得更漂亮
让富锦的粮食吃起来更健康

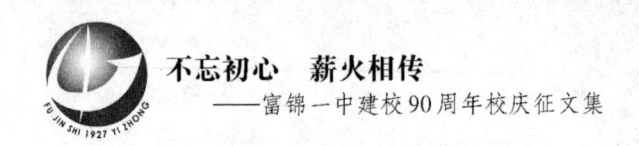

# 奋 战

### 张有志

硝烟滚滚战旗红,誓与飞贼夺领空。
天线架在三八线,电波万里缚苍龙。

(张有志,83岁,呼伦贝尔。1950年在富锦中学初中二年级时参加中国人民志愿军,曾任团作训参谋。转业后曾任呼伦贝尔林业局副局长、工会主席)

# 想 家

### 张有志

母亲河是松花江,英雄儿女战魔王。
远征常做家乡梦,大豆金黄鲤鱼香。

# 抒 怀

### 张 愈

悠悠岁月八旬秋,报国心犹到白头。
少小从戎除岛怨,壮年医病解民愁。
医生尽瘁勤黎庶,百岁还需服务筹。
耄耋年华知不足,健康长寿夕阳牛。

(张愈,88岁,北京。1946年富锦联中毕业,同年入中国医大,1952年毕业于第三军医大学。曾任彭德怀元帅保健医生,海军卫生部副部长,中国老年保健协会常务副会长)

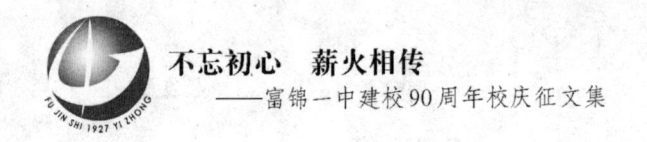

## 羞愧的往事

### 周 维

这件事情在心底埋藏多年，虽然有些见不得光，但犹豫再三，还是拿出来晒晒，去和那不光彩的过去道别。

那应该是1985年，当时我在富锦一中读高二，一个周末，到老工会那里打了场篮球，回到学校食堂吃饭有些晚，就买了七个糖三角和一碗大头菜汤埋头吃了起来。食堂里人很少，这时打饭的阿姨凑过来，笑着问我能吃掉七个糖包吗，我说没问题的，她说她和我打赌，如果我能吃七个，她就免费送我七个，等我风卷残云般地消灭了七个糖包，她果然兑现诺言，从口袋里摸出了几角牛皮纸钱票给我。临走她又问我，每月的钱票和饭票够用吗，我说月底有些揭不开锅，她说如果需要可以找她去换，我也默默地点了点头。

次日，我故意晚些去食堂吃饭，还到那个阿姨负责的窗口，她给我打了饭，我犹犹豫豫地拿出10元钱给她，她麻利地给我一卷牛皮纸饭票，并暗示我不要和别人说，还嘱咐我如果有别的同学需要，只有通过我这条途径才可以兑换。回到宿舍，我偷偷地数了数饭票，足足有12元，心里虽然有些纠结，但占了便宜的喜悦很快让我平静了下来。在之后的两年左右的时间里，我陆陆续续以1:1.2的"汇率"从那位阿姨手里拔着社会主义的羊毛，再也没有去过学校的总务科兑换过钱票，直至高中毕业，几个知心的同学也曾因此受益。还清晰地记得，那年元旦，阿姨叫我到外面小店里吃了一顿饭，我也因此得知她家的状况。

其实阿姨的老公也是富锦一中的一位老师，在实验室里工作，虽然老师不教我，但从那天起，我还是称阿姨为师母。师母和我讲，老师家成分不好，虽然是大学里的高才生，但在那特殊的年代，大学没毕业便下放到农村接受贫下中农再教育。在农村消磨了意志后，老师无奈地选择接受现实，在农村娶妻生子。"文革"末期，政策宽松，老师由农民做了村里的民办老师，后来又转为国家正式教师。恢复高考以后，由于县城师资短缺，国家便从乡下抽调优秀教师来补充。从农村回到县城自然是喜事一桩，可老师家庭要面对的困难也不少：一个正式教师，拖着一个农村媳妇和三个农村娃在县城生活，四个人没有供应粮，生存的艰难可想而知。为了缓解经济压力，学校便安排师母在学校食堂里打饭，师母也正是利用这个机会，动了私藏粮票变现补贴家用的歪脑筋。我那时家境还是可以的，但还是半推半就沦为师母的"帮凶"。

高中毕业后，整整三十年了，不曾再见过师母。这段羞愧的往事一直折磨着我，我不觉得这种当时自以为抱团取暖的互助是对的或者是负责任的，现在想想用犯罪这个词来概括当时的行为也不为过。

时间就像一条河流，它给我们带来轻浮和膨胀了的东西，但那些重而坚固的东西，都沉下去了，而那些重而坚固的东西，就是敢于正视和反省过去的勇气，有了这勇气，我想我们有足够的机会和能力为过去的轻浮和膨胀买单。

（周维，富锦一中1987届校友，上海，现工作于某美资企业）

不忘初心　薪火相传
——富锦一中建校90周年校庆征文集

# 教师篇

# 富锦一中——吾爱

涂宝娟

很多人都有自己念念不忘的母校吧,很多人也都会对自己职业生涯的第一个单位印象深刻吧,而一个人对承载自己事业理想的舞台是怎样的一种情怀更不难想象吧。这样的母校、这样的单位、这样的舞台每一个都足以在一个人的心中留下浓墨重彩的一笔,如果这样值得重视的地方是同一个呢,这份震撼,这种冲击力该是多么难能可贵。而我,就是那个幸运儿。富锦一中,是我的母校,也是我参加工作的第一个单位,还是我事业积淀尽情绽放的舞台!今年,是您建校九十周年,让我怎能不由衷地喟叹:吾爱!

## 黄金时代 塑造

高中是人生的黄金时代,是一个人三观形成的关键时期。三年时光,由稚气的少年塑造成飞扬的青年,那一串串银铃般的笑声,仿佛还回荡在耳边。

**场景一:入学听第一场报告 树立目标**

1982年到1985年,我的高中时代正是富锦一中的兴盛时期,当时的富锦一中是黑龙江省重点高中,每个学年只招收4个班,全学年不到190人,都是全市各初中的佼佼者。能考进富锦一中的学生多是品学兼优的,学习风气特别浓,头悬梁、锥刺骨的故事并不新鲜,同学们暗暗较劲的是谁更用功,谁能更巧妙地学习。学校更是不遗余力精心塑造,在新生入学

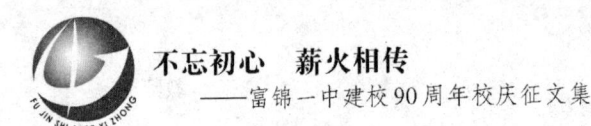

时就会有一系列教育活动,对我影响最深的是八四届师兄学生会主席孙德仁给我们新生做的报告,看着台上侃侃而谈的师兄,听着他丰富的成长经历和取得的令人由衷佩服的成绩,我暗下决心,一定要加倍努力,成为像师兄那样有用的人。当我在高中学习成绩在前列,并成为班长、学生会副主席、能独立组织学生活动、能成为老师的好帮手、同学的贴心人的时候,我总是会由衷地感谢学校在我们刚迈进高中大门后赐给我们的精神盛宴,让我们一开始就有了学习的榜样、努力的目标,不忘初心,踏实前行,让优秀成为习惯,内化于心,外显于形,成就自己,也足以慰藉母校、恩师和父母亲人。

**场景二:业余党校塑灵魂,信仰坚定**

高一下学期,我被推选为学校业余党校的学员,在那里我了解了中共党史,中国共产党的艰苦卓绝和丰功伟绩,知道了很多优秀共产党员的先进事迹,给我印象最深的是江姐、刘胡兰、徐特立和焦裕禄的故事。到高三当我刚满18周岁的时候,我光荣地成为富锦一中第一批女学生党员。这使我刚成人就有了坚定的信仰,并心甘情愿追随先驱者们的足迹,把为人民群众多做点事当成享乐之事、幸福之事。现在回想起来,正是因为这年轻的生命早早烙上党的印记,才使我这个年轻人在上大学后,无论是"六四"风波,或是在"反对资产阶级自由化"的风潮中,又或者走上工作岗位后面对"端起碗吃肉,放下碗骂娘"对共产党横挑鼻子竖挑眼的抱怨者们都能够做到立场坚定、态度鲜明、自觉维护、感染带动,时刻不忘自己是一名光荣的共产党员。

**场景三:优质的师生,最好的资源**

虽已过去32年了,但我现在脑海中马上就能清晰地浮现出高三时的班主任李慧深老师两手交叠着放在身前,下颚略低,眼睛并不瞅着任何人直视前方,面无表情地对我班同学说:"你们是我教过的最完犊子的一批学生"。那时的孩子还不太懂这是侮辱人不尊重人的话,而是在心里集体较劲:你不说我们完犊子吗,那我们就好犊子给你看。这样的话只会激起我们疯狂的学习热潮,单纯地想着要以最优异的成绩成为班主任心中最得意的那一批学生。当毕业时我们纷纷考上理想的大学,看到班主任常年的冰山脸竟露出自以为好看的笑容时,我们终于读懂了他的激将法,很多被他逼着回答问题不完整就不能坐下的同学心中那曾涌起过的恨意当然瞬息消散。

我接受新知识、新事物都比较快,这一特点往往会使我浅尝辄止,不求甚解,一时兴起却难以持续,造成我很少能考到第一。现在我深知如果那样的特点长此以往,必会使一个人难担大任、难成大业。让我清晰地看到自己这一不足的源于我的同学唐春平(现名为唐劼)。事情是这样的:我和她都是学校速滑队的,刚开始的时候,我想要扣唐春平一圈,易如反掌,我常常是得意洋洋地倒退着滑看着落在后面的她,她倒不疾不徐,一刀一刀十分认真,我自认为比她滑得好太多,所以训练时从不像她那样刻苦,还时常"晒网"。不到半年,当我惊奇地发现使出洪荒之力也无法撵上她时,我清晰地记得,当时我直起腰,仿佛一记清脆的耳光打在脸上,呆呆地看着她的背影,滚烫的泪水凉凉地淌下,那寒风中的凌乱刺痛了骄傲的少女心,让我从此明白毅力在一个人成长中的作用,体会到我们的校训"勤恒诚朴"的深意。那一天定格的场景也在我以后的人生中始终发挥着警醒的作用。

**场景四:丰富的校园生活,开挂式的成长**

现在的县城学校多出于对安全的考虑,不大敢让学生走出校园,即使有社会实践,也是小范围的,小打小闹的,不能像我高中时那样大开大合,比如说春游、下农场和参加秧歌比赛,这些事简直就是对一个人综合素质的全方位锻造,做人、做事的规范和技巧,人与自然的关系、人与人关系的体会和感悟,我们所说的德育就这样润物无声的来了,我们所要的学习动

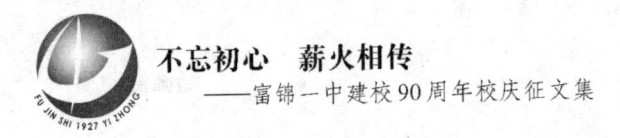

力、学习能力和学习毅力就这样悄然地生成了。

## 鎏金岁月　成长

1989年至1998年,大学毕业后我被分配回母校工作,是政治教师,九年后任学校团委书记被调到教育局。一个人工作的第一个单位对其养成什么样的工作作风起着决定性的作用。当时的富锦一中是省重点高中,管理严格,"比、学、赶、帮、超"氛围浓厚,董奎学校长出台了黄皮书,制定了科学的管理制度,刘景昌校长改变了论资排辈定职称的旧习,改为按政绩和业绩考核,衣树羽校长把自己获得"曾宪梓奖"的奖金全部买书赠给老师。老教师们兢兢业业,年轻人勤奋好学,传帮带蔚然成风,满负荷工作,所以养成敬业的习惯,再到哪个单位都不觉得累。

让年轻教师尽快成长的好方式莫过于出公开课了,每次出课都要经过反复的打磨,听课的人会给你提出很多宝贵的意见,就像是把他们几十年的武功都无偿地输送给你,出一次课就是一次快速成长的机会。在学校的"百花奖"出课就很有收获了,如果是到外面参赛见识更广,提升也快。我曾在教师进修学校给全市初中政治教师出过"成功教育观摩课",我最初参加佳市竞赛的时候还叫"佳木斯市青年教师大奖赛",第二次参加的时候才起名字叫"菊花杯",现在已经成了品牌,而参加"全省政治教师大奖赛"更是极大地锻造和提升了自己。能够给"龙东地区现场会"出公开课更是终生难忘了。

## 拾金之旅　奋斗

富锦一中曾是佳木斯地区领跑的学校,我于2009年11月回到母校做校长。出于感情,更出于责任,我决心要带领全校教职工重拾我们往日的辉煌,让富锦一中既是莘莘学子的圆梦之地,又是精神家园,还是富锦的名片,富锦人的骄傲,品质生活的引领者。我理想的富锦一中是这样的:

学校的建筑是够用而朴素的,无用的东西应该少之又少,例如学校的大门,在确保安全的前提下就应该非常简陋。没有各种显示富贵的装潢,甚至没有多余的摆设。所有别人用来立碑或雕塑的地方,全部种上树,所有别人用来张贴标语的地方,统统挂满藤,只要绿意,冬天就由雪来装点,只要亲切。学校内部也是朴素的。走廊里平整即可,不必铺得光滑可鉴;座椅无须名贵,适用即可。

但是它又是奢华的。

学校将拥有若干巨大的教室,里面甚至可以表演班级戏剧。无论教室、专用图书室、餐厅还是走廊,处处都堆满了书籍,就像校园里疯长的绿植。学校将拥有一座真正高品质的舞台,它的装修可能是简陋的,但是音响与灯光是迷人的。学校还将拥有丰富的功能教室,无论喜欢手工、计算机,还是各种实验,都可以找到属于自己的空间。甚至,学校拥有自己的植物园和"动物园",它们同时又是天然的试验场。

最奢华的,是拥有一批热爱孩子、志在教育的教师。有人喜欢哲学,有人喜欢诗歌,有人喜欢心理学,有人喜欢艺术……"热爱"是这所学校的灵魂,是师生身上最显著的肤色。我们在这里筑造、栖居、歌唱,只是因为喜欢啊,喜欢一切美好的事物,也喜欢因美好事物而汇聚的一切人,包括同事和孩子。

学校将拥有强大的基础课程,全面塑造每一个孩子的核心素养。这些将构成学校清晰的日课,并且,显然是被认真研究过,因此是高度专业化(包括技术化)的,是高效率的,绝不以题海战术或机械练习的方式来完成。

支撑这一日课的,是一套强大、成熟、体系化,但又保留足够灵活空间的课程系统,以及一批能够熟练操作这一课程系统的优秀的教师。也就是说,我们将有能力在每天的上半天时间之内,就高效地完成国家课程标准规定的一切内容,并且事实上远远超越了它。也就是说,我们的孩子并不是生活在世外桃源,他们对应试仍然具有高适应性,并有能力考入理想

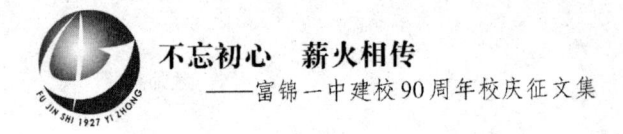

的大学。

　　我们为自己赢得的另外半天,将是属于不同天赋(显然,校园里不存在没有天赋的孩子)的孩子,用来发展自己兴趣。在这里,教师资源、学生天赋将被以一种奇妙的社团化的方式动态地组合起来。教师摇身一变,成了导师!当然,前提是具备某种专长。甚至某些学生,也可能成为导师,并以自己的能力吸引成员,组成不断竞争的社团。戏剧、园艺、写作、科学、手工、舞蹈、合唱、主持……社团处于流动之中,一个人可以分属不同的社团,也可以根据情况"转团",社团又是高稳定的,拥有自己真正的核心,包括核心导师、核心成员以及核心成果。

　　从时间上,学校将向早晚和周末、寒暑假无限地延伸。7点到11点的日课,是学校的固定时间,其他则是可以无限延伸和变形的"自由时间"。例如,可能有些孩子,每天早晨6点就到学校,跟体育爱好者开始一起晨跑甚至越野跑,可能有些孩子,晚上10点才回到家,因为他们有自己的学术沙龙。甚至,不排除有孩子在实验室待到天明!而周末以及寒暑假的校园也是开放的,各种主题式学习仍然在进行中。当然,校园之外,可能有批孩子正在天南海北地游学。

　　从空间上,学校只是一个汇聚的节点。以学校为中心,整个社区、城市,乃至于大自然,都可能成为课堂。而教师也不只是固定的一批人,学校里还可能流动着形形色色的人:家长中的特长者、全国各地赶来的筛选过的义工、不同领域的杰出者,甚至一些偏才怪才,只要有天赋和能力,都可以为师。

　　这样的学校值得我投入一生,也许在我这一任完成不了,比如我们现在连国家课程都不敢说开齐开全了,但只要一张蓝图绘到底,我们会离目标越来越近。

　　以课改为例可以看出我们的探索:

　　1. 2002—2004年,一中进行了以"研究性学习"为内容的课程改革,这是教育转型驱动下的尝试性课改。

这次课改以丰富学生的学习方式为初衷,以学科的课外活动为载体,以主题式研究为内容,让师生共同体验新课改下的学生学习方式。这时全国学校均处于新课改的起始阶段,我校顺应潮流,从校情生情出发尝试体验新课改。但受制于转型中的理念认识不够,经验不足,成功实践的时间较短。

2. 2004—2005 年,以"开设走班选修课"为内容的课程改革,这是新课程大潮中的适应性课改。

随着新课程在全国轰轰烈烈的实施推进,学校已认识到,课程改革要进行到底,倒退没有出路。在到上海华东师大学习并参观先进课改学校后,学校以校本选修课为切入口进行第二次改革。

当时教师自主开发的校本课有 100 多种,突出"广、浅、实、新、趣"的特点,吸引学生兴趣,激发学习欲望。学生自由选课,教务处统筹管理,每周三下午全校学生实现走班上选修课。但选修课的开设因教学课时不足等原因没有长期坚持下来。显然,这两次改革正在逐步接近课改的核心——课堂教学改革,教师在实践中理解新课改、开阔视野、加深认识,埋下了改革的种子。

3. 2008—2009 年,以"全面实施'四环节'自主探究教学模式"为内容的课堂教学改革,这是激烈市场竞争下的植入性课改。

此时学校办学环境发生深刻变化:市场经济大潮下的学校竞争开始显现,教师队伍稳定性被打破,优秀师资开始流失,学校发展进入困难期。与此同时教师的教学方式却没有发生变化,依旧是传统课堂,教学效益差。新上任的张校长感受到这种紧迫和压力,在学习上海洋思中学、山东杜郎口中学教学模式的基础上进行课堂教学改革,实施"四环节"自主探究教学模式。此次课改的初衷是好的,理念是符合新课改要求的。模式中学生利用导学案自学,在自学中"生疑",在课堂上"献疑、质疑、析疑",充分体现"以学为中心"的新课程理念,真正是想把学习的主动权还给学生。但在实施前教师理念理解内化不到位,具体操作要求培训不充分;实

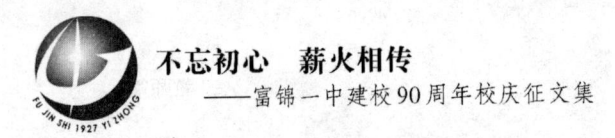

施中又过于僵化、教条,如严格检查各个环节用时,不考虑各层次教师实际教学能力一刀切等,使师生、家长都产生了抵触情绪,进行近一年后停止。

4. 2012—2016年,以"合学教育理念指导下的幸福课堂"为内容的课堂教学改革,这是寻求突破下的改良式课改。这次课改总体还是满意的,但因没有提出具体模式,只是倡导和意见,使得教师们理念接受,行动欠缺,一些教师没有做起来,一些教师在实践中出现偏差。

2017年,我们正在进行核心素养时代下的深入性课改,我们借用坤宇佳育文化公司作为全国基础教育课程改革指导中心的资源优势和为全国名校进行课改的实战经验,为我校的品牌提升提供个性化服务。立足核心素养,开启高效课堂理念指导下的幸福课堂教学模式改革。

路漫漫其修远,我们上下而求索。

富锦一中建校90年,而我到现在与她已有20年的缘分,她塑造了我也成就了我,我满含深情地爱着她,唯愿此生倾尽绵力,为她添砖加瓦,更愿此生能见证她的辉煌!

吾爱,富锦一中!

# 忆往昔，恰同学少年

安丽影

"忆往昔峥嵘岁月稠。恰同学少年，风华正茂：书生意气，挥斥方遒。"毛泽东的诗词常常勾起我们对高中生活的记忆。

富锦市第一中学，是我们青春梦想出发的地方，在一中三年，我度过了学生时代最快乐的时光。

## 一中的历史——张进思校长

刚进一中，开学典礼上，赵万成校长就语重心长地给我们讲了富锦一中光辉的历史。富锦一中始建校于1927年，历经千难万险，受社会各界的关注。1933年夏，张进思受满洲省委的派遣，到下江开辟党的地下工作，张进思到富锦中学配合三江地区游击队进行抗日斗争。为了让更多的孩子上学，张进思煞费苦心，办"补习班"，安排"工读生"，设"勤学牌"，他利用一切可能的机会，对学生进行革命思想教育。张进思以渊博的学识，饱满的热情，以及天才的演说能力，赢得师生们的赞扬。那时我们听了张进思的故事，都热血沸腾，被他深深的感动，张进思积极进取，忧国忧民，爱国爱家的大爱情怀，永远激励着我们后辈的一中人。

## 一中的校园——绿树成荫，学风醇厚

一进一中，映入眼帘的是两层的教学楼，虽然不高，但在我们的心中充满了神秘感，觉得这里能带给我们无限的可能。四周绿树成荫的小路留下我们多少汗水。记得当年早晨住宿生出早操，有跑步的，然后大家各

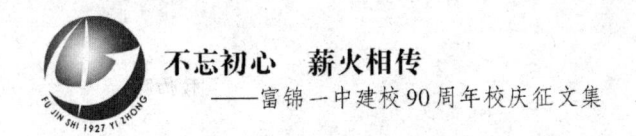

自找地方背书,校园里的大树小树旁,各个僻静的角落,都是手拿书背东西的学生,教室里也有安静学习的。夏日,清晨和煦的阳光洒在树丛间,斑斑驳驳落在学生的身上、脸上;照在跑道上,沐浴着阳光的运动健儿,满脸的汗水,红扑扑的脸洋溢着青春的光彩。谁能说这不是一幅最美的画面?绿树环抱莘莘学子,人与自然高度和谐。

课堂上,老师在讲台前神采飞扬地讲着课,学生在座位上聚精会神地听着课,时而苦思冥想,时而写写算算,讨论问题时,激烈的争论,大有不战胜对手誓不罢休之势,争得面红耳赤,最后老师当裁判才算结束了战斗。那时的课堂,充满了青春的活力,安静时只听见老师的粉笔在黑板上刷刷地写,讨论时,沸腾得像火山喷发,任凭岩浆喷薄而出,四处流淌。

## 一中的宿舍——温暖的大家庭

当时的宿舍是一排平房,一间宿舍里能住40多人,南北两排,下面是火炕,上面是大板铺,每人60公分宽。在宿舍西墙放着一排铁架子放脸盆、饭盒。这一排架子上,经常会有老鼠光顾,晚上睡梦中都能被窸窸窣窣,哗啦哗啦的声音弄醒,拿手电一照,发现是老鼠。早晨起床是参差不齐,早的3:30起来学习,晚的5:30起来出早操,所以早晨特别安静,都怕打扰到别人。晚上,下晚自习最热闹,叽叽喳喳热火朝天地聊天,但是一熄灯,马上恢复安静的状态。有勤奋的,自己找地方学习。那时学习条件真的有限,熄灯后能有亮的地方不多,像水房,根本抢不上,早被男生抢先了,老师宿舍亮着灯,有挤在窗前看书的。夏天还好,冬天就更困难了。记得那时富锦县政府在一中对面,正修建政府楼,工地上有灯亮着,在灯下挤了一圈人,冻手冻脚的,实在冷了就跺跺脚,或跑一会儿,再接着看书,就这样的地方,去晚了,也没地方了。回想那时的住宿生,大家在一个大房间里,生活上互相照应,互相帮助。有感冒的,大家轮流照顾,学习上也比着学,都怕被别人落下。不会的题,同班同学,还有上一年级的师哥师姐都能帮你解决。

## 一中的老师——爱生如子

我们刚进一中时班主任是战秀荣老师。她给我们的第一印象是，短头发，西装，干练，和蔼可亲，但是话语间透着严厉，让你不敢违抗。她对我们要求很严，无论是学习上，卫生上，还是其他方面，都要做到最好，都要争第一。她讲课也特别认真，她写数学解题过程一丝不苟，板书特别工整。我们从她身上学到了做事认真，追求上进的精神，这是比知识更宝贵东西。我们那时候也上晚自习，但是没有老师，是真正的自习。但是我们战老师几乎每天晚上都来，还有教物理的吴鹏堂老师，当时他的年龄不小了，但是无论是讲课还是晚上辅导，都是兢兢业业，跟学生探讨问题，特别谦虚，有时都放学了，还在跟学生研究问题。其他老师也都是这样，我们都非常尊重教过我们的所有老师。因为我们从他们的身上学会了如何做人，这是受用终生的。

我们是1986年从一中毕业的。富锦一中，是我们青春梦想起飞的地方，在我们青春懵懂时，她给我们指明前进的方向，她给我们以知识翅膀和理想的阶梯。悠悠三十一载，让我们始终魂牵梦绕的家园。我们已经从青春冲动走向中年成熟，我们的母校也历经九十年的风风雨雨，她也在逐渐走向成熟。相信我们的母校，会与时俱进，走在新课程改革的前沿，重新书写辉煌的篇章。

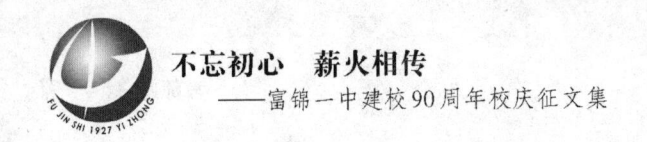

## 又到秋风叶落时

### 常艳梅

  又到仲秋,又到秋风叶落、稻香米硕之时。枫叶红了,柳叶黄了,原本绿油油的草坪也已显出一片枯黄,平日里聒噪的鸟儿也难得一见了,沧海横流,斗转星移,转眼间,她——富锦市第一中学,已经迎来了她的九十岁生日。领导、老师带领同学们走过了多少春夏秋冬,历经了多少风雨沧桑,付出了多少汗水,回报给今天的将是"丰收"的喜悦。

  清晨,漫步校园,干净的林荫道旁,一排排高大的云杉绅士般地伫立着,宁静而又深沉。你是否也和我一样在倾听这校园中朗朗的读书声?是否也和我一样感受着这古老的校园的勃勃生机?是否也和我一样关注着周遭的变迁?你亲历了富锦一中发展最快的时期,你目睹着富锦一中送走一批又一批的优秀学子,而在今天,你又感受到富锦一中海纳百川的博大胸襟——富锦一中迎来了一批批外地的老师。算起来,这已是我远离家乡来到富锦一中的第十五个秋天了。

  2002年的那一场雪我没有记住,我只记住了那年的秋天,那个完成了我社会角色转换的季节。告别了无忧无虑的学生生活,开始了一个老师的新生活,我来到富锦一中,也开始步入了这个社会。对于一个刚刚走向社会的年轻人来说,异地工作、生活上的种种困难,外界种种机遇的诱惑,无不使自己感到迷茫,感到困惑。正是在一个清闲又清冷的秋日里,我独自走在学校的操场上,一圈一圈。恒志楼对面的那排白桦,经过冷风的剥蚀,早已褪下一身绿装,只剩下几根光秃秃的枝丫突兀地伸向苍白的天,显得那么的不知所措。突然想到柳氏的一句诗:"一叶随风忽报秋,纵使君来岂堪折。"这秋的滋味,我是体味到了。

2003年的秋是在漫不经心的瞬间来到眼前的。一年的社会生活教会了我许多。这片校园对我来说已不再陌生,生活也因忙碌而变得充实。在一个十分温暖的午后,送走一位因困惑来找我谈心的学生,看着他又迈着轻松的脚步走去,我的心情也轻松了许多。抬头四顾,呵,秋来了!暖色调的秋风顽皮地拨弄着道旁的树叶,哗哗地,抖落了一地同样暖色调的斑驳的阳光。几片枯黄的落叶,如同在华尔兹的伴奏下,优雅地飘落下来。没想到,一向被认为寂寥的秋竟也有这般的温情与柔美,忙碌的我竟将它忽略了。也许正如罗丹所说:"生活中并不缺少美,而是缺少发现美的眼睛。"

今年,又值仲秋,富锦一中迎来了她的90华诞,再一次向人们展示着她的魅力。90岁的老人已是耄耋,90岁的富锦一中却正值青春,而永葆青春的秘诀正是她那吐故纳新的魄力、兼容并包的胸怀。来自远方的我们,90年来为国家培养的一茬又一茬的人才,90年来迎来的一批又一批的学子都是富锦一中永远沸腾的新鲜血液。甘地曾说:"我要打开四面的窗,接受八面来风,但我不会被任何一面风把自己吹走。"90年来,富锦一中在时代的变迁中一路走来,在不断变化中却又始终保持着自己的本色,我以为是"勤、恒、诚、朴",而正是这多少年来的校训,使得富锦一中的内涵不断积累,蕴藉更深。无论老师还是学生,任何一个生活在富锦一中的人们都能从中寻找到各自所需的智慧。在富锦一中所积累起来的这份财富中,我学会了思考,学会了选择,学会了坚定,学会了平静地面对生活。

九十年的积淀是一笔丰厚的财富,九十年的智慧是一道亮丽的风景,九十年的奋斗是永远不变的历史。穿越九十年,经历的是岁月洗礼;穿越九十年,刻下的是努力开拓;穿越九十年,留下的是累累硕果。

秋与我有缘,我与富锦一中的秋有缘。秋风正紧,落叶纷飞,在这收获的季节里,在这喜庆的日子里,让我向富锦一中说一声"祝福",道一声"感激"。

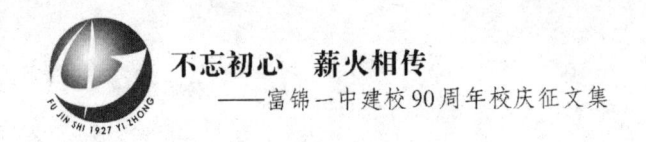

# 愿一中腾飞

陈金生

我喜欢富锦一中,这是我终身为之工作、奋斗的地方!

当清晨的曙光划破深蓝色的天幕,当起床钟声嘹亮清越地响彻幽静的校园,当听到莘莘学子那朗朗的读书声,我站在英才路上,看着那"勤、恒、诚、朴"的校训,那操场和教学楼,那体育馆和艺术馆,那公寓楼和食堂,它们显得那么的明净而安详,纯洁而爽朗,此时,心就格外清静,眼就格外明澈,思想格外晓畅。是啊!富锦一中又迎来了崭新的一天,生机勃勃,美丽多姿……

校园的鸟语花香,校园的干净路面,校园的云杉树荫,校园的书气墨香,校园的学术氛围,校园的灵气飞舞,所有这一切随着绚烂的朝霞升起,这一切平凡的景致,无不显示出富锦一中的绰约丰姿,内敛而热情,智慧而秀美。

作为富锦一中的一名教职员工,此时此刻,一种为校园美景而感到自豪与骄傲的激情油然而生。是啊,九十年啦。九十年的风雨征程,九十年的励精图治,九十年荣辱与共,一中校园那独特的魅力,还是那样的包罗万象,深远而流长,天文在此闪烁,地理在此伸展,历史在此淀积,数学在此升华,棋琴书画在此生生不息,代代传承。我们翘首盼望着富锦一中九十周年的到来,盼望着她以更动人的面貌展现在一中人面前,盼望着她历史上新的一页缓缓展开——无比弥漫的书气、学气与灵气在校园的上空缭绕飞舞。

富饶秀丽的锦城孕育了美丽的一中校园,碧水透彻的松花江滋润着一中校园。她经历了风雨的洗礼,见证了富锦的发展与繁荣,演绎了九十年教育的飞跃跨步,撒播给一方土地惠泽和雨露。著名学者、体育健儿、部队将领、商界精英等诸多祖国建设的优秀人才,从这里迈出踏向征程的第一步。他们将积极向上、正直朴实的内敛品德,实事求是、与时俱进的工作态度,大无畏的创新和拼搏精神,无数辉煌的业绩,贡献给了这座美丽的校园——今天的富锦一中。

看今天,上至两鬓斑白的老教师,再到睿智干练的中年骨干教师,还有意志风发,气宇轩昂的青年教师,以及两千多位充满好奇,跃跃欲试的高中学子,无不为即将到来的校庆大典欢欣鼓舞。九十年的时光对一个人来说算是一段很长的光景,可是对一座久负盛名的一中来说仅仅是一个开始。看那迎风猎猎飘扬的彩旗,那随处可见的喜悦笑容,无不见证着一中每一次激扬的腾飞。在"勤、恒、诚、朴"这质朴的校训指导下,富锦一中迈进先进的一流中学行列不再是梦想。

每一个新的一天都是新的开始。

富锦一中,给了我文化上的熏陶,工作中的指引,生活上的体验,我感受着她九十年的沉浮轮回。时间赋予了一中厚德文化的积淀,时代又赋予了她生生不息的活力。站在一中校园里,感受着校园九十年的风韵,沐浴着她那青春四射的活力,我心潮澎湃。

我衷心地祝愿富锦一中腾飞。

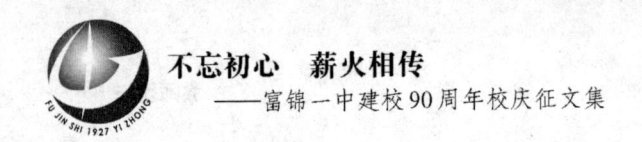

# 1927 的纪念,2017 的灿烂

邓祥波

历史的成就于脑海再现
经战火的洗礼依旧安然
生活在硝烟弥漫的江山
任岁月的变迁不绝绵延
一中,1927 的纪念
你用雄壮的声音在那个时代呐喊
呐喊出中华民族永不屈服的信念
这信念激励一中后人骄傲永远
时代进步使得一中愈加完善
经共同的努力成为典范
矗立在这新时代的山巅
凭借满腔热血走向辉煌
一中,2017 的灿烂
你把睿智的结晶在当今时刻呈现
回馈一中先人的责任是血汗
即使沧海又变桑田
你仍有着源远流长的精神陪伴
即使为众人称赞
你仍使学无止境的劝勉响在耳畔
你拥有经久不息的精神更加勇敢

你拥有团结协作的教师甘于奉献

你拥有全面发展的学子志存高远

你更拥有让一中人念念不忘的渴盼

太阳的西落天空会暗淡

而一中的辉煌从未走远

你,将创造更灿烂的明天

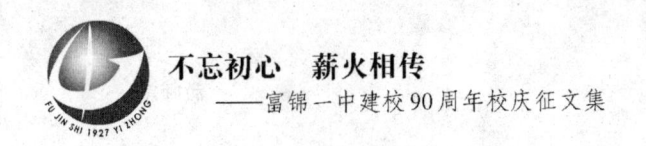

# 那，芳华

黄天宇　高　澈

那泛了黄的旧照片
那样穿越了光阴的故事

那时的校园多漂亮
那成片的三叶草风中含笑
那散落的小蘑菇娇俏可爱
那闪亮的琉璃瓦蓝中透翠
那高大的教学楼巍峨耸立
那是我记忆中最美丽的画面

那时的我们多青春
那容颜是自然而清秀的
那微笑是懵懂而忧郁的
那话语是羞涩而胆怯的
那故事是简单而平淡的
那是我记忆中最纯真的同学

那时的老师多帅酷
那轻声细语的娓娓道来
那诗情画意的润物无声

那烛光闪耀的激情澎湃
那劈头盖脸的语重心长
那是我记忆中最崇敬的人儿

那时的生活多有趣
那放学路上的三五成群，你追我赶
那大饭堂里的围桌而餐，分享家味
那夜半寝室的挑灯夜读，被窝卧聊
那有缘同窗的埋头苦学，一程相伴
那是我记忆里最美好的故事

那时的学习多带劲
那永远做不完的卷子督促着我
那天天萦绕耳边的话语激励着我
那远方的象牙塔吸引着我
那外面的精彩世界等待着我
那是我不思量自难忘的经历

那时景、那时人、那时事、那时情
那永远不会褪色的记忆
那永远不会舍弃的牵挂
那样的、那样的温暖
那样的、那样的芬芳

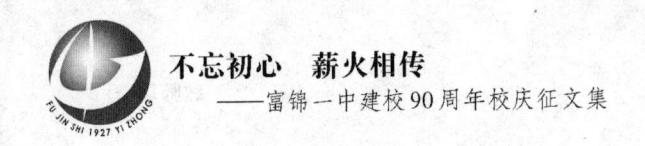

# 时光流转，又和你相遇

## ——致母校九十周年校庆

### 郭 莹

年幼时

你是照片中安静的林荫小路

树荫下有飞扬的少年

我未曾将你走近

却在心中

将你梦想了千遍


少年时

你是被忽略的风景

风景里有我多彩的青春

是春风吹动的风铃

是夏夜轻舞的流萤

是我嚣张后的冷静

是我憧憬未来的身影


大学时

你成了我心上的一道涟漪

不去想 却不曾停息

每一个假日
都像赶一场约会
想用最好的自己
证明给你

而如今
你见证我渐渐褪去青涩
你让我在课堂赞美山河
你听我伴学生唱古人的离歌
你鼓励我做盛放的花朵

时光兜兜转转
鸟群起起落落
海水抚摸星辰
心中荡起碧波
我们曾相遇,些许迷惑
如今又相逢,都是情歌

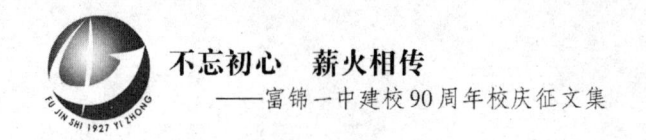

# 一个"80后"眼中的富锦一中

## ——回顾参与编写一中校史的日子

### 刘萍萍

　　我是一中一名普通的历史教师,2006年毕业参加工作至今。所以我是一名80后。在参加工作的第二年也就是2007年,我有幸参与了富锦一中的一件大事,建校80年周年校庆。当时我们历史组刘玉芳、刘芸、张兰香、马馥香、徐强,加上我6个人,参与了一个跟校庆有关的活动,编写校史。另外我们还有两位重要的主持工作的专家李晓非和李大杰。他俩一个专注于富锦地方志的编写,另一个帮助其他学校编著过校史,并出版过多本著作。我们在一起,在专家的指导下,先研究校史的分段与章节,最后我分配到的任务,是在人物传记板块,为学校做过突出贡献或获得显著荣誉的被选定的10位一中人,负责给他们编写人物传记。在这个过程中,我有幸接触到很多一中建校以来的历史档案,珍贵的照片,接触过去在一中工作的人和倾听他们谈一中过去的事,我相信每一个做过一中人的人,心中都对它有一份热爱和追忆过去的自豪。这里面就包括我亲眼见到了曾任一中校长的董奎学老师。只可惜当时工作繁杂,没有留下宝贵的照片作为纪念。在接触的这些人和事中,让我加深了对一中的感情、敬仰和深深的热爱。如今当我回顾这一段令人难忘的历史的时候,我在想,当时给我最大的震撼是什么呢?我眼中的一中又是什么样的?也许答案随着时间的推移会不尽相同,但至今仍留在我心灵最深处的触动,却是一中人、一中精神对我时时刻刻的滋养和鼓励。

**一、对富锦一中悠久历史和辉煌成绩的震撼**

一中是一个拥有悠久历史的文明老校。同时它的发展也是富锦教育发展的一个简史。从"民国"十五年,即1926年12月18日,省教育厅正式批准设立富锦县立中学校,到1927年它的正式建立。标志着今天的富锦一中正式诞生了。同时它的诞生也标志着富锦教育史上的第一所中学校的诞生。到1986年4月16日省教委正式下达文件,批准富锦一中等6所中学为省重点中学,至1989年富锦一中再次迁移校址,一中经历了它的发展和辉煌。当时一中新教学楼近万平方米(建筑面积为9 600平方米),其面积之大为富锦历史之最,当时的人们都称之为"万米楼"。省长、副省长到这里视察后,对富锦领导高度重视教育的行为给予高度的评价。全国18省市"双改"会议在佳木斯召开,代表们到当时的建筑现场参观,当时佳木斯、大庆等地的校长都来参观学习,并给予很高的评价,可以说万米楼在全省的影响都很大。1988年富锦撤县建市,富锦一中教学大楼被当时的领导班子确立为富锦撤县建市的标志性建筑。可以说富锦一中进入省重点的行列,教学楼被确定为标志性建筑,这不仅是一中人的骄傲,更是富锦人的光荣。如今,市民们看到了富锦一中的教学大楼就会想到富锦由城镇变成了城市的那段光荣历史。1994年,欲在富锦建韩国农场的韩国官员张德镇拿出10万美元,为一中捐款建了一座800平方米的三层小楼,后作为一中的图书馆,作为独立的图书馆,在各个学校中也是少有的。到1996年,学校又建了1 100平方米的食堂。一中的办学条件进一步完善同时也得到各界人士的认可。而一中培养出的优秀人才更是数不胜数,可以说今天富锦人所有值得骄傲的人,都与一中有着千丝万缕的联系。

**二、对作为富锦最高学府人文环境的骄傲**

一中是一所学校,无论是教师还是学生,都可能是学者或将来的学

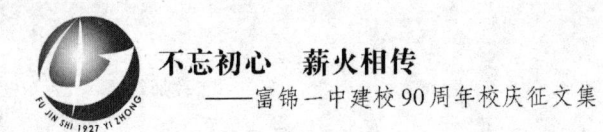

者,所以这里的人们生活在他们共同创造出的文人气质的氛围里。他们身上有着时代的文人气息。比如,作为烈士的张进思校长,我们一中校园曾经的标志性铜像。每当我们回忆那段历史的时候,都能把富锦的历史,一中的历史紧密地联系在一起。在深切悼念先人们为革命为理想奋不顾身勇于流血牺牲的同时,也感慨作为一代教育工作者的张进思校长,他给学者们心灵带来的激动和敬仰,他很好地展示了一个高素质有理想的人,在国家民族危亡之际的那份责任、那份担当和一颗无比强大的战胜困难的勇敢的心。这就是一中的教育人,他留给我们的绝不仅仅是烈士的称号,他的精神——责任、担当、勇敢,将是历代一中人要不断发扬和继承下去的优秀品质。我们是革命烈士的继承者和接班人,我们带着与生俱来的那份自信和骄傲。如果,对伟人的怀念只能代表过去,那我接触到的身边的真切的一中人,更能让人感受到他们身上的高贵品质。在编写一中校史的时候,我负责撰写的10位曾经的一中优秀教师,在我联系他们的时候,我有幸和一位全国优秀劳模工作者——李会深老师有了亲密接触。有一次,我去银行办理个人业务,无意中听到了,我前面人的一组对话。一个客户说"对不起营业员,你看看这个钱数不对吧?",传回来一个不屑和不耐烦的声音"怎么可能,机器查的不会少,你再查查!"依旧是一个带着礼貌谦逊平和的声音"对不起,麻烦您再查查,我取的钱您好像给多了"。作为旁观者我不禁抬头仔细看对话中的这名顾客,啊!李会森老师!我不禁感慨无限。多高尚的一个人啊,多好的一中人啊!当然最后真是营业员多给了钱,我们的数学教师,给这个营业员免费"上了一课"。

记得我刚毕业的时候,喜欢参加多彩多样的学校活动,其中有一个保留活动就是每年的元旦的联欢会,那是一中人的聚会,那时候,我们每个组都要写春联,每个组都要出节目。在欢声笑语中释放这一年的辛勤与汗水。在今天如果还有哪一部分人还喜欢纸质的书的话,一中一定是一个大群体。对于这群一中人,他们追求最高的不是物质财富,而是心灵的一种满足和幸福。他们带给其他人的也绝不是多少的金银财富,而是也许受用一辈子也取之不尽、用之不竭的精神财富。他们就是这样任劳任怨地做着他们认为在这样物欲横流的物质社会中仍该坚守和坚持的东西。这里有历代富锦人的精髓,有历代一中人的精华。

其实我在富锦一中工作以来的众多校长中我要感谢的人很多,但我最要感谢的有两位,第一位感谢衣树羽校长,感谢他对我的知遇之恩,是他让我有幸成为一名一中人。第二位感谢徐宝娟校长,感谢她的再造之情,感谢她在现在的教育改革之际带领大家不畏艰难险阻,要走出一条振兴一中的艰辛之路。其实我最应该感恩一中这片文化土壤,让我能够在它的滋养中不断获得进步和前进的动力与能量。在我热爱的这所学校迎来她诞辰的90周年之际,我没什么更好的礼物可送,只以几行朴实的文字聊表寸心!

一中90周年快乐!一中愿你的明天越来越辉煌!

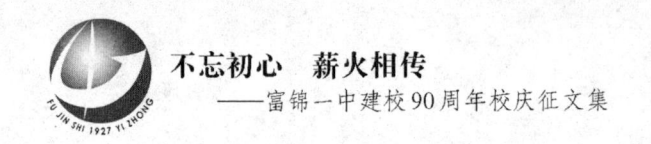

## 勤恒诚朴永传承,辉煌一中繁花开

刘 爽

春光融融九十载,风雨凄凄今犹在,经路坎坎排前碍,千载悠悠云复开,勤恒诚朴永传承,辉煌一中繁花开。

你看,芊芊细草迎风招展,云杉树笔直挺拔,孩子们容光焕发,老师们面容和蔼。你嗅,青涩草香;你看,刺玫花艳;你听,读书声脆。这就是我的校园,这就是我的一中。

看着学生青涩的脸庞,心湖泛起一朵涟漪,激起了一片心潮,这里依稀有我的身影,或轻或重,或缓或急,踩出一片绚丽。学生就像一粒粒种子,有些种子静待萌芽,有些种子厚积薄发,这些种子当中也包括当时的我。2002年我走进了富锦一中,我无比自豪与骄傲,因为一中是省重点中学,有着悠久的历史和优良的学风。还记得第一节课,我的班主任伊老师慈爱地对我们说:"孩子们,你们要记住,我们的校训是勤恒诚朴,你们要深刻理解并且记得这四个字,加油吧,未来在远方。"老师的教导让人如沐春风,至今这话语音犹在耳激励我前行!

校园的四季都是那么让人难以忘怀,春天,万物复苏,冰雪刚刚消融,同学们都迫不及待地跑到操场上嬉闹。记得那时,最喜欢的是体育课,在开阔的操场上我们为班级的足球运动员呼喊加油;春是奋进生长的季节,是洒满汗水的季节,静赏开花,以待6月之雨,高三学子,正在奋发图强,迎接他们的是决定命运的高考,经常看到他们拿着书本,在校园内的树荫下背诵文章。那时的我总在想,我也要好好学习,像学哥学姐们一样,用成绩给母校增光。

夏雨淅淅沥沥地洗涤这繁华似锦的天地,云杉翼翼,摇曳着青翠,招来一季繁华。夏天的我们最开心,一中会举办运动会,每个班级都要参与其中,写标语,喊口号,给运动员加油助威。最兴奋的是我们班级代表一中参加富锦市运动会,我们身穿校服,手上戴着白手套,整齐有序地表演着广播体操。为学校争得了荣誉。

校园的秋天是美丽的,秋叶落下,校园一片金黄,高二教学楼前的小果子成熟了,像灯笼一样挂在树上,鲜红明亮。9月,刚刚开学,开学典礼之后就是富锦一中艺术节,作为学生的我们最期盼的是艺术节的到来。学校组织歌咏比赛,班主任伊老师,带着我们一遍一遍地练唱,我们精心组织,卖力地歌唱。每个班级都积极展现自己的特点,每个学生都在努力地绽放自己的光芒。你看,这美好的秋季,百花尽放,世界一片缤纷,仿佛那是色彩的世界,没了喧嚣,没了杂乱,有的只是累累的果实。对我而言,秋是成熟的季节,是收获的季节,繁花尽落,却留下一个个硕果,那就是孩子们,那就是希望,那就是精神的绽放。

银装素裹,分外妖娆,这就是北方的冬天,这就是我们的一中校园。我们在冬日里打雪仗,我们在冬日的校园里捉迷藏。学校会组织各个班级比赛堆雪人,我们班的同学们纷纷提出自己的想法,势必要拿第一名,为老师争光。

大地赠予种子最好的青春,种子反馈以自己的生命,并用生命续写着大地的传奇!而我于一中而言就是如此吧。

2008年我从哈尔滨师范大学毕业,成了一名一中的教师,似乎就是注定好了的,从这里走出,从远方归来,我坚信,我的根就在这里。上课铃声响起,迈上讲台,侃侃而谈,告诉我的学生们老师曾经教育我的话,勤恒诚朴。曾经的梦想得以实现。望着身后的校训,心中满是沉甸甸的责任与期望,同样的还有学校赋予我的重大使命:以德育人,我会用微笑教他们如何面对生活与挫折,用乐观的态度来告诉他们如何面对问题与困难,用我微薄的力量去创造一片光辉,让他们在我的庇佑下成长。你会发现

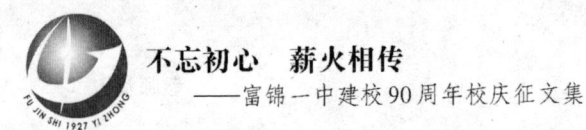

你的情感会随着他们的起伏而顿生云雨，也会因他们的纯真万里无云，他们是最好的陪伴。时间渐行渐远，如今我也归来多年，作为土生土长的一中人，我秉承着一中的教学传统，把学生放在第一位，把知识和一中的精神传承下去，让一中精神在学生身上绽放光芒。等他们长大离开校园，也会有一份珍贵的精神藏于心中，为他们在成功的道路上提供一份精神力量。

偶尔，闲暇时，算是消遣也算是回味，漫步旧时的校园小路，总觉得比以前更亲切，走过长满嫩草的绿地，俯身，总能闻到一阵清香。皆因我爱这个校园。现在的我是一中的教师，是知识的传播者，是学校精神的传承者。我明白身在母校我肩膀上的责任与重担。九十载的风雨，学校在壮大辉煌！勤恒诚朴，这就是一中依然屹立的秘诀。萧瑟江风起，安然与山齐。骤雨润芳泽，繁花香万里。

# 富锦一中——我的成长平台

吕海鸥

对我而言,富锦一中是我工作的地方,是我事业上耕耘与收获的地方,更是助我成长的地方!

我在学生的求知渴望中成长,2013年8月,怀着激动的心情我第一次正式踏入教师生涯的课堂,那时的我,紧张到声颤、手抖、脚麻。只记得按照我预想的说着自己对高一新生的要求与期待,不曾注意到任何一位同学的表情变化,或者是否认真听讲,说完了事。我的讲台之路,从这一节课开始,之后,我反思自己的紧张来自欣喜、激动,更多的是因为我的课堂承载着几十个生命的求知渴望,这是让我兴奋的地方,也是让我着迷的地方,我在为学生搭建通往光明未来的阶梯。

我在教研课上、在同事的观摩中成长。在同组人的观摩中完成一堂课,这对当时的我来说难度更大,此时的我肩负的不仅是学生的期待,还有同事的期许,因为重视,所以更加紧张,也会更加用心准备,每一次尝试,每一次修改,都是多次琢磨的结果,就是这样一次次地让我珍惜的教研,使我对课堂有了更深入的了解,在听完大家的点评与建议之后,我了解,原来一堂课的解读是多维的,原来讲了多少不如学生吸收了多少重要,此后我更加关注教与学之间的产销比。

我在校级汇报课中成长,教学满一年汇报讲课,这让我精神为之一振,激动伴随着紧张,我在全校同仁的目光中完成了这堂课,课后的轻松只占少许,更多的是深思:我以后的教学之路该走向何方?

教学之路,让我与学生共同成长,刚开始,学生的问题会让我情绪不稳，进而处理起来问题多多，现在回想，我特别对不起我的第一届学生，他们以作为我的第一届学生为荣，但那时的我只是语文教师队伍中的一个新人，我青涩的时候，我课堂把控能力最弱的时候，我对课文研究解读不够深入的时候，全部都展现给了他们，我真的是和我的学生一起在探索中成长，在斗智斗勇中，我收获了一大群的弟弟妹妹，直到现在，步入大学的他们遇到问题依然愿意和我分享，这让我十分欣慰。

教学之路，我在师傅张桂玲老师的帮扶下成长。从我来一中开始，张老师就很关心我的生活和教学，那时的我住单身宿舍，是她给我的关心，让我感觉到了家的温暖，有时只是几句话，便让我像吃了定心丸一样安心！教学中，我在听取师傅的课的同时去思考：面对自己的学生，我该如何准备自己的课。这给我的备课生活注入了强心剂，每次出课，无论组内研讨还是校级展示，师傅都会全心全意指导，不厌其烦，这些都是让我感动的地方！师傅是我成长的见证者。

富锦一中是我成长的平台，也是我人生的舞台，我的工作在这里，我的家在这里，我亲爱的学生在这里，我的成长也在这里。

值此富锦一中建校90周年之际，我把工作中让我感动的点滴整理出来，以示对一中的敬爱，同时也祝愿一中在复兴之路上光芒万丈！

## 砥砺漫漫风雨

马 健

九十年,一步一个坚实的脚印,都镌刻着美丽温馨的力量。九十年,一年一层喜人的发展,都酝酿成如诗如画的辉煌。九十年在漫漫的历史长卷,时间,只能算是不经意的短暂。九十年薪火相传,春华秋实,桃李芬芳。九十年,走过冬天,您默许下理想;经过春天,您播种下希望;走过夏天,您腾起青春的光芒;迎来秋天,您终于收获了璀璨的果实。祝伟大慈爱的母亲——富锦一中生日快乐!

您是一位勇敢的母亲,在历史的长河中,承受磨难、经历风雨,但依然青春美丽,您是一位时尚的母亲,时刻走在文化的最前端,用最新鲜的甘露滋润我们,我们因你而骄傲,看昔日的幼苗正渐渐长大,他们用稚嫩的声音,一遍又一遍地诉说:我们爱您,孕育我们成长的富锦一中!虽然我不知道你原来的模样,可我却知道你现在的模样,你越来越美丽漂亮,晨曦中你容颜旖旎,月光下你思绪绮丽,酷暑里你吟唱历程,凛冽中你放声高歌,如同征途中不朽的丰碑——坚定执着如同沙漠中不屈的旅人——顽强坚韧如同平原上巍峨的高山——豪情万丈!

九十年悠悠岁月承载着无数拼搏进取的激情与汗水。九十年沧桑蜕变,您变成了一坐坐落于风景宜人的三江平原腹地的省属重点高等中学。富锦一中人时刻铭记"勤·恒·诚·朴"的校训,不懈奋斗,锐意进取,用辛勤的汗水续写永恒的传奇。

1927 年,松花江边的晨霞孕育出一轮新世纪的旭日朝阳;脚下的黑土地喷薄出一束划时代的教育之光;历史铭记了这一页,富锦市第一中学

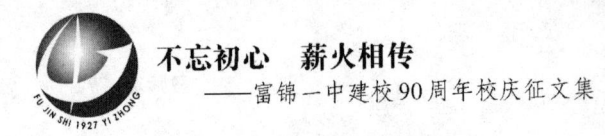

校诞生了。忆往昔,恰同学少年,风华正茂,指点江山,激扬文字,一晃九十年,逝者如斯。开拓创新,厚积薄发,看今朝,师资雄厚,桃李芬芳,人才辈出,盛世华章,一路走来九十年,汗水与成功相伴,探索和辉煌齐芳。

是雄鹰就要在苍穹中翱翔,是骏马就要在草原上奔驰,我们要做雄鹰,在知识的天空执着滑翔,我们要做骏马,在理想的草原自由奔腾!对未来,我们从不轻言放弃,因为您教导我们,人生要拼搏才有收获,是您给了我们理想,是您给了我们知识,我们拼搏和奋斗的动力,都来源于你对我们的支持、教导和鼓励。

九十年,一首拼搏奋斗的诗篇。九十年,一路风雨兼程的跋涉。九十年,一段继往开来的历史氤氲着佳城的灵韵,您与祖国共奋进。历史的耳畔,传来礼炮的隆隆回响,历史,凝聚了宏伟与智慧 尽情地涂染了这里的阳光,根植于三江平原的沃土,"勤·恒·诚·朴"是您的训言。今天,我们虔诚地聆听您九十年的倾诉,风雨如磐,坎坎坷坷是您的历程,办学之初,举步维艰,您不畏艰难险阻,播撒阳光和雨露,建设时期,百废待举,您挥汗耕犁,铸就出桃李芬芳。光阴流逝,没有蚀去您尊贵的容颜。今天,翻开您的诗篇,回溯您的漫漫征程,流光溢彩;重温您的一路战歌,铿锵有力。您劈波斩浪,勇往直前,攀枝折桂于各路战场;明德励学,崇尚实践,捷报频传于众多学科;您呕心沥血,浇铸栋梁,英才辈出于各个领域。您风尘仆仆,起伏跌宕;您酝酿智慧,丰碑不朽,砥砺漫漫风雨。今天,您的笑容,比烟花和繁星还要璀璨。莘莘学子,祝愿我的母校与祖国共繁荣,再铸辉煌!

# 富锦一中——我心中永远的爱

宋冬梅

忆往昔,桃李不言,自有风雨话沧桑,青山绿水,地生灵秀,薪火传承九十年踏歌行;看今朝,勤恒诚朴,更续现代成辉煌,远望两山,松花江畔,继往开来四方桃李情。

1927—2017,富锦市第一中学迎来九十华诞。九十年追求卓越,九十年沧桑巨变,九十年栉风沐雨,九十年弦歌不辍。如今的富锦一中根深叶茂,英才辈出,一中校友广播四海,为栋为梁。无论是已届耄耋之年的首届毕业生,还是新近毕业的青葱校友,无论是执教讲堂的熠熠师者,还是悉心受教的莘莘学子,忆及在富锦一中的一花一木、一情一景,一定都会在内心中勾勒出那一帧帧真挚缤纷、永志难忘的动人画面。一瞬间的心海拾贝,击中你心灵的是什么?是英才路上安静的校园,是白桦林中的晨读,是一位难忘的恩师,是一位推心置腹的好友,是一场恣意青春的球赛,是一次收获知识与成长的出游,是那些音犹在耳的欢笑,是那些曾令你难过流泪却最终让你成长的小插曲,抑或是根本无心的恶作剧——所有的一切都在我们每一位一中人的心中。

九十年风雨兼程,九十年青春如歌。九十年育无数英才,云杉树喜成列。在这浩瀚的三江平原上,在这锦绣的大地上,莘莘学子砥砺耕耘,桃李满园,优秀学子全国遍地。母校几多沧桑,奋发图强,在紧抓成才教育的同时,注重英才教育,如今他们正在祖国的四面八方贡献着自己的力量。蓦然回首,我已经在这个承载我梦想的校园中度过了十七年的日日夜夜,这里洋溢着我的喜怒哀乐,这里已成为我生命中的另一个家,另一

个感情的归宿。无论何时我都爱你如初。

回顾过去,我们无比自豪,展望未来,我们信心十足。我们相信,在富锦一中"勤、恒、诚、朴"的优良校训的教育下,在"高尚、博识、民主、艺术"的教风的精心教导下,在全体一中人的坚强信念下,一中的九十年华诞将成为承前启后、继往开来、开拓创新和再创辉煌的新起点!

# 我 与 一 中

## 孙志远

岁月不居,春秋代序。富锦一中这个历史名校历经九十年风雨,孕育出一代又一代精英人物。政界精英、商界骄子、文坛巧匠、体坛健将比比皆是。更有许多默默无闻为社会贡献聪明才智的校友。回首一中辉煌的发展历程,更增添自豪感和光荣感;借鉴著名校友的成功经验,更激励自己奋勇向前;如歌的岁月,让人缅怀,更是让人快马加鞭,不断前行。能成为富锦一中的一名教师,我倍感荣幸。时光飞逝,转眼来到一中教学已十余载,下面就聊一聊我与一中的故事。

最早接触富锦一中是在2002年8月底,那时我刚刚由同江一中高中毕业,考入齐齐哈尔大学汉语言文学专业,由于那时的同江还没通火车,只能乘坐客车来到富锦转车,途经富锦一中,站在大门外面,看到巍峨的教学楼,整洁的校园,看到朝气蓬勃的学生们在校园里活动,欢声笑语不绝于耳。原来只听自己的老师说人家富锦一中学生品学兼优,高考成绩优异。这是亲眼看到这所学校,心里只有羡慕。

转眼大学即将毕业,2005年12月我在东北师大参加东三省招聘会,在招聘现场看到了熟悉的字样:富锦市第一中学。我怀着激动的心情投上自己的一份简历。笔试、面试、试讲一路过关斩将,终于如愿签约,成为富锦一中的一名语文教师。我以教师的身份来到学生时代慕名已久的学校,心里满是喜悦。

2006年8月,迎来自己的第一批学生,初登讲台,既紧张又激动,在师傅方杰老师及组内老教师的细心指导下,我迅速成长,课上不遗余力地

讲授，课下与学生打成一片，我对于学生来说亦师亦友。当时教于伟波老师的班级，时至今日，那些孩子早已成家立业，现在还有好多学生在教师节的时候，给我发来节日的祝福，心里满是自豪。

如果一名老师没有当班主任的经历，那他的教育生涯是不完整的。2010年8月，当上了班主任。班主任收获的幸福是科任老师无法体会到的。这是文科普班。孩子们活泼好动，这个班级有一小部分是美术、音乐、体育、电视编导艺术特长生。班级日常充满了乐趣。孩子们班级荣誉感特别强，只要有班级活动个个都抢着上。班团会、艺术节、大合唱、运动会、冬天清雪、元旦联欢等等，学生们积极参加并取得较好的活动效果。让我很难忘的是有一次运动会，班级多名同学破校记录。现在富锦一中的铅球项目记录依然是我班王峰创造的。班级运动会总分第一名，是第二名分数两倍还要多。这是我这么多年一直向班主任们炫耀的资本。让我难忘的还有音乐特长生王继明，歌唱得特别好，在校时一直是校园艺术节的重量级歌手。目前富锦一中使用的校歌就是王继明与另一名学生录制的。后来他到大学深造，各地巡演，现在已是小有名气的青年歌手。2011年6月带完这个班，又接了文科英才班。这届学生学习素养很高，组织能力强。2014年6月高考，他们以优异的成绩考入理想大学。

2014年8月，我走入学校中层管理岗位成为学年主任，与主管校长于洲江校长、学年主任陈明智主任（现任富锦一中工会主席）共同管理学年。在市委市政府、教育局的大力支持下，在徐宝娟校长的正确指导下，我们与班主任、科任老师齐抓共管，在2017年6月高考中取得优异成绩，一表、二表上线人数创富锦一中高考历史新高。心里满是骄傲。

弦歌不辍，薪火相传。2017年8月，又开始了新一轮的教学教育活动。这届学生是近几年生源、学苗最好的一届，值此90周年华诞，相信这些孩子定会为富锦一中添上浓墨重彩的一笔。

我与一中的故事，相信会越来越精彩。

# 勤恒诚朴九十年，春风化雨润校园

王艳莉

时光匆匆，如白驹过隙。似水年华里，悄然迎来了富锦一中的九十年华诞。桃李芬芳九十载，砥砺前行望百年。1927 至 2017，一代代一中人用实际行动阐释着"勤、恒、诚、朴"的精神内涵，谱写出更加辉煌的华丽篇章。

## 忆！往昔峥嵘岁月稠

九十年前，长白山下，三江水边，我校巍然勇劈榛荒。风起云涌，筚路蓝缕，穷且益坚，一中先辈历尽沧桑。"天地英雄气，千秋尚凛然。"张进思校长面对倭寇入侵、内忧外患的境况，奋勇抗敌，为三江地区革命做出不可磨灭的贡献。张凤岐校长亦怀一颗赤子之心，百折不挠，不愧为当时抗联先驱……从最初的富锦县立中学校，到今天完善的省级示范性高中，先辈们不畏艰险的开拓精神一直激励后代一中人不断前行。九十年的征途中，一中经历了多次的变迁与改制、曲折的探索与发展、不断的积淀与创新，形成了灿烂的一中文化和深厚的人文情怀。从 1999 年夏天我第一次来这里应聘，就与一中结下了不解之缘。风雨十八载，一中见证了我的成长，我亦把青春奉献给这片热土。

## 叹！地灵人杰沐春风

1989 年，我校迁至现址。两次扩大校园，四次扩建校舍，使我校更加完备。校园中共有三座教学楼，分别命名为"勤思楼""恒志楼""诚朴

楼",古朴典雅的名字中饱含劝诫期待。春夏之际,刺玫吐艳,杏花盛放,一中生机活力姿态尽显无疑。秋冬之际,万物银装素裹,唯有云杉之绿傲然不群,恰似我校学子胸怀壮志,情系苍天。正如那九十年沉淀下的品质——栉风沐雨,不懈前行。在这样庄肃昂扬的环境中,一中高考成绩屡获丰收,一表二表上线率稳步提升,诸多学子的梦想在这里起航,我校也以其优秀的教育质量和办学成果享誉三江大地。

## 创!任重道远新篇章

教育的接力棒传至今天,每一位新时代的一中人都不忘初心、砥砺前行。悠悠九十年,一中历经曲折不断走向新的辉煌;风雨十八载,我不断成长,破茧成蝶。在一中新一届领导班子的带领下,在学校新的办学理念指导下,我会牢记使命,努力耕耘,为一中"活力校园"以及"幸福课堂"贡献自己的才智,让教育的硕果更加璀璨!

# 见　　证

## ——纪念富锦市第一中学建校 90 周年

### 涂亨杰

九十载沧桑砥砺,九十载弦歌不辍。2017 年,我校迎来了九十周年的华诞。十分荣幸,十几年前,我成了这个拥有悠久历史、底蕴深厚的学校教师队伍中的一员。回顾这一路来的历程,这些年来,我与她共历风霜、同甘共苦;这些年来,我深深融入了这个温暖的大家庭;这些年来,我也为这个瑰丽美好的学校添砖加瓦;这些年来,我见证了她的成长,她也在见证我的成长。很高兴,陪您走来了您的九十周岁生日。

九十年风霜,您已是历史悠久,桃李芬芳;九十年寒窗,您培育出多少栋梁。九十年大事,数不胜数,有校史记载,百姓相传。九十年里,学校迎来一个个的希望,孕育着一个个天真的梦想,也送走了一批批优秀的学子。作为知识的殿堂,您是那样致力于文化的传播,学业的精进,人格的塑造,灵魂的升华;您是那样崇尚奋斗,拒绝平庸,激励学子们以不断探索的精神去无所畏惧地进行拼搏;您是那样以清纯的校风、严谨的教风和求真的学风,去熏陶和培育一代又一代渴求知识、渴望成才的莘莘学子。

在这九十年的历史中,一批批优秀的老师、教育工作者用他们执着的信念谱写了独属于富锦一中人春华秋实的篇章,用自己的臂膀为祖国的教育事业贡献一份力量,亦将以百年坚定不移的步履在时代车轮的追赶中持续走在前沿。在时光的流水里,一代代学子追逐大学的梦想,开始三年的拼搏。在三年的旅途中,即使汹涌澎湃的激流也覆盖不了他们前进

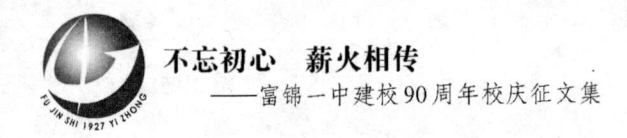

的方舟，为了自己的明天，为了更辉煌的未来，一直坚守着永不放弃的信念。

您的宽容豁达，让多少人脱下心灵深处厚重的外衣，让尘封已久的心灵之窗豁然开启。

您的沉稳庄重，让多少人重拾了信心与勇气，以平和的心态，面对生活中的风吹雨打。

您的温柔宁静，让多少人沐浴在和煦的春风中，感受生活的美好与世界的温暖，充满希望地面对未知的未来。

就这样走过了一个个寒冬，走过了一个个春夏，你回头望望走过的路，已望不到起点，雪掩盖了身后道路的曲折艰辛，也看不到前面的坎坷不平，你说，你从不会畏缩不前。于是，一步又一步，你走过了九十年。

时光荏苒，九十岁的您，已经能够从容地面对过去的成败，用一颗永远年轻的心去迎接未来的一切。我们在您的身上、您走过的历程中，寻找到智者的生命内涵。您的脚步，已经聚集了近百年的日月光辉，这是让我们见证的奇迹。您用智慧为我们塑造了一中学子应有的品格，我们庆幸，在我们最好的青春岁月，追随着您，为您的建设献出自己的一份努力。

回首往昔，我们骄傲；展望未来，我们向往。往事如歌，岁月如诗。九十岁，您依旧美丽，依旧青春洋溢，依旧朝气蓬勃。愿您继续走过一个又一个的九十年，在今后的岁月，共筑更大的辉煌！

# 回眸处

张立杰

　　日久生情是我对一中的评价，因为吾人生的大部分时间都在其中度过。高中于此，工作后更是久处于此。可以这样讲，我人生最美好的年华，见证了一中校园的岁月变迁。

　　一阵沁人心脾的芳香徐徐飘来，当时的我正在就读高中。由于班级在一楼，所以窗外的丁香树毫不吝惜地将馨香奉献给莘莘学子。多年之后，我依然记得那满树耀眼的紫色花蕊，一如同学们美好的青春在绽放，那样激情，那样蓬勃向上！

　　下课休息时，来到操场，一道绿瓦白墙展现眼前。穿过精致的方形小门向北望去，学校甬路两旁杨柳依依。清晨，每当学生走进校园，两旁柳树婆娑起舞，夏季翠绿如墨，秋季落叶缤纷。面对如此美景，心情必将愉悦，学习也会更加奋进。所以说，八九十年代的一中校园，富有柔美感。

　　九十年代大学毕业后，我回到了一中母校，此时的身份由学生变为教师，昔日的校园也已改变了模样。一条笔直的水泥板路横贯东西，是一位毕业的一中校友捐赠的，知恩图报，可见学校教育影响之深远。

　　如今的校园，道路两旁巍然屹立着柏树，春季苍翠笔直，直插云霄；冬季依旧挺拔，迎风昂首。因此说，现在的一中校园，富有正气感。

　　回眸处，无论岁月如何变化，无论校园如何容颜，"勤、恒、诚、朴"的校训始终铭记于一中人心中，学以致用，永世不忘！

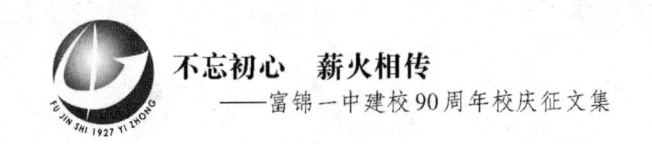

## 九十年风雨逐梦路,一生无悔一中情

张琳琳

如果时间带走的是回忆,那么我心里留下的是感激;如果岁月留下的是美好,那么我心里企盼的是未来。"一中人"这三个字里有我难忘的青葱岁月,亦包含着我将为之奋斗一生的事业。一中于我,是青春、更是人生。

1998年9月,我,怀揣着梦想,手握着通知书和一样对未来充满憧憬的她、他、他们一起走进了一中的校门。我们知道:富锦一中是富锦的最高学府,考进一中就意味着一只脚已经迈进了大学的门槛。我们的人生也将在这里得到改变和升华!班主任马志成老师,含蓄内敛、向上乐观!到今天,我还能忆起他当年在讲台上的侃侃而谈、夸奖我们时的眉飞色舞、批评我们时的眉头紧锁。其他科目的老师也都是那么的斗志昂扬、热情亲切。高中的一切都是那么的美好,早起的晨读,在这里,你可以听到书声琅琅;下午的课间,在这里,你可以听到歌声绕梁;晚自习前的时光,在这里,你可以听到呐喊不断。充实的学习生活,丰富的课余活动,让我的高中匆匆而难忘!那个时候的一中,我知道的是:只是学校,关乎青春!而我不知道的是:富锦一中,承载着历史赋予的使命,寄托着富锦人民的祈愿,是在带着我们一代又一代的一中学子逐梦、扬威。

2006年9月,我,怀揣着抱负,手握着合同和一样对人生充满期待的她、他、他们一起走进了一中的大门。我们知道:富锦一中是富锦的最高学府,到一中工作就意味着要全情投入,做好为一中奋斗终生的准备。还记得,第一次以教师的身份走进教室,我的内心是澎湃的,是雀跃的。看着熟悉的环境,我由过客变为主人;看着熟悉的老师,我由学生变成同事。顿时,责任感和使命感悄然落肩。当年的马老师,现在的马校长;当年的意气风发,现在的成熟睿智。其他的我的老师也成为我工作中的财富,他们也都风采依旧。我班任陪一中走过的,我在陪一中走着。当年的25个教学班变成了现如今的49个教学班,当年的一个教学楼变成了现在的三栋教学楼。当年是学生的我已经接过班任的枪,担起班任的担,累,并快乐着!此时此刻的一中,我知道的是:是工作,也是理想;我更知道的是:我肩负着爱一中、振兴一中的责任!

　　九十年,于老人,为鲐背——高寿之意;九十年,于一中,为风雨——逐梦之意!我为我曾是一中学子、现为一中教师而感到骄傲和自豪。我更为我有机会能参与到为一中之振兴而努力奋斗中,而感到无上荣光!九十年风雨逐梦路,有我相随;一生无悔一中情,永不割舍!

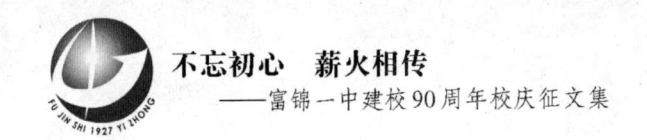

# 忆秦娥　校庆感怀

赵雪侠

书山路,一中学府藏龙虎。藏龙虎,酬勤天道,李桃同舞。勤恒诚朴伴朝暮,杏坛旖旎九十度。九十度,传道授业,情浇沃土。

# 播撒爱的光芒

## ——庆祝富锦市第一中学建校90周年

### 郑春丽

2006年7月,我于哈尔滨师范大学毕业,同年9月进入富锦市第一中学任教。回首过往感慨颇多。一路走来,收获了辛酸与泪水,收获了成功与喜悦,收获了我与富锦一中永远无法割舍的爱。

### 知之为知之,不知为不知

2006年9月,刚刚走出大学校园的我,成为一名人民教师,当时我比自己教的学生只大四五岁。那时我住在学校宿舍,每天晚上都会在办公室备课,精心地准备每一节课,做到熟悉熟悉再熟悉,尽管这样,也还会有很多想不到的事情出现。

我记得那是我第一次以教师的身份走上讲台,也是我第一次讲授毛泽东的沁园春·长沙。当我讲到词牌时,一名叫夏华优的同学就问:"老师,那您说,第一个人为什么写沁园春?和他的词的内容有关系吗?"当时我大脑一片空白,我害怕学生提问,我能把自己准备的东西准确无误地讲出来。但是没准备的,我真的不会啊!但是怎么办啊?我心想,我不能说不会,那样同学就会瞧不起我。其实,我能感觉到,当时我的脸红了,但是还是故作镇定地回答,最开始发明沁园春词牌的人,写的是春天的沁园这个地方。夏华优同学也恍然大悟似地点了点头。这个解释,导致我一

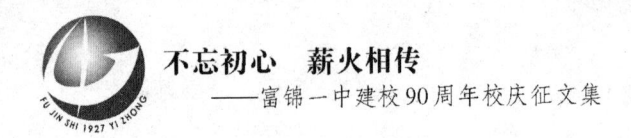

节课都没上好,因为我并不知道,第一个人写这个词牌的真正原因。下课后,我慌乱快速地离开了班级,到办公室我就翻阅各种资料,查到对沁园春这个词牌的解释有很多,但很多人都趋向于沁水公主和驸马,闲暇时吟咏诗词唱和,宫中文人将其吟诵的辞章制成词牌,故名沁园春。看完之后,内心五味交杂,如果不更正,同学们就会一直错下去,如果更正那么颜面何存?这件事我挣扎了两天,最后决定向同学们道歉,并把问题讲清。

现在想想,当时我选择承认错误是对的。这一件事敦促我,要更细致地备课,同时也表明老师有不会的也正常,《师说》中说:弟子不必不如师,师不必贤于弟子。但要做到传授给学生的知识必须是准确无误的,不知道的可以向同学们坦白,或相互探讨,实现教学相长。

教者,要践行孔子的教育思想,知之为知之,不知为不知。

## 有教无类

班主任是学生与学校,学生与科任老师的纽带。虽然班主任工作心酸琐碎,但我仍然认为,没当过班主任的教师是不完整的教师。

刚刚参加工作的第二年,我就承担了班主任这项工作,当时年轻有激情,有精力。那时班里有一名女生,家境十分不好,父母是离婚的,她和妈妈一起租房子住。但不幸再次降临到她的头上,妈妈出车祸身亡,一个女孩没有了支撑,没有了依靠。学校得知她的情况后,让她搬到学校宿舍,那时我也住在宿舍,我让她平时多到我的房间,我和她进行沟通交流,让她感觉到还有人在关心她,让她拥有一种家的温暖。冬天,看到她身上单薄的衣服,我就买了一件羽绒服给她,对她说:"这衣服买小了,我穿不上,你穿吧,要不也是浪费了。"这样既解决了问题,又维护了孩子的自尊,最后我们成了无话不谈的好朋友。

在老师的眼中,不要存在着贫富好坏这样的观念。《师说》中说:师者,所以传道授业解惑也。我们要传给学生正确的人生观价值观。

教者,要践行孔子的教育思想,有教无类。

## 因材施教

教育教学工作纷繁复杂,学生的个体不同,而学习习惯、学习能力、性格特点也都各不相同。世界上不存在相同的两片叶子,也没有完全相同的两个学生。所以针对个性差异,我们要进行精细化教育教学。

班级有位同学,上课不愿意发表自己的想法,他上课时最常见到的状态是,趴在桌子上睡觉。最初,我每每看到他这样,都会站在讲台上大喊:"孙浩然,上课了,你要困了就到后面去站着。"慢慢地,我发现这是治标不治本的做法,他即使到后面去了,也是犯困,甚至站着也能睡着。后来,经过我俩的沟通,我发现他有一种习惯性的叛逆,在初一时,爸爸妈妈不管他的学习,但他学习成绩很好,而爸爸妈妈又总是拿它出去炫耀,于是他开始不努力,任由成绩一落千丈。我发现他内心有被关心被认可的意愿,很巧的是,在我组织的一场班级辩论赛中,我意外地发现他有深邃的思想,雄辩的口才,抑扬顿挫的语感,在后来的教学中,我有意无意地设计一些诵读辩论环节,渐渐地,我发现他不再是上课睡觉沉默不语的问题学生了,还成为课堂上最闪耀的一颗星。

有些同学锋芒毕露,这样的同学,我会适时地对他进行一下打击,正如孔子对待他的弟子子路和冉有一样。同一个合乎礼的事情他对子路会说:"回家请示一下父兄再去做吧。"而对冉有孔子会说:"马上就去做吧。"所以在教育教学中要因人而异。

教者,要践行孔子的教育思想,因材施教。

孟子认为,人生三大幸事之一就是,得天下之英才而教育之。譬如苏格拉底有幸得柏拉图,柏拉图有幸得亚里士多德,亚里士多德有幸得亚历

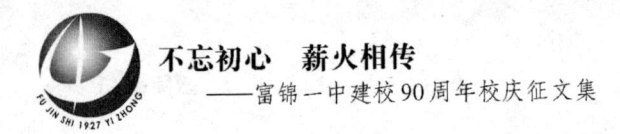

山大大帝。但是作为一名普通教师,我也同样很自豪地说,我有幸得到我所教育的每一位学生。

教师是神圣的职业,我们要用心去浇灌每一粒种子,让它们生根发芽,开花结果,在教育的沃土上,播撒一片爱的光芒。

如今的我,已经从教十多年了,对富锦一中有了深深的情感。参加了学校八十年校庆,又经历九十年校庆。对教育事业我要奋斗终生。在这里衷心地祝愿我所工作的地方——富锦一中越来越辉煌!

# 为了富锦一中的文化

衣烑美

富锦一中的历史是悠久的,富锦一中的传统是优良的,富锦一中的文化是光辉灿烂的。

多年来,我一直跟爸爸一起做着看似平常、实则难得的事——为总结富锦一中的历史,为传播富锦一中的文化,奔波着,走访着,寻找着,收集着,整理着。

这似乎是一份很特殊的工作。这份工作默默无闻,人们很难看得见做了什么,但是,如果要把它做好,真的很麻烦,因为它时间上需要漫长的日积月累,空间上需要到处的查找收集,人事上需要面见当事人和知情人,不仅如此,做这些工作还面临着很多的限制和困惑,诸如人员的,交通的,联络的,费用的,时代的,线索的,等等。现实的人们很早就忽略这样的工作了,也基本想不起来做那些了,即使偶尔想一下,也可能以为做它没有什么用,而且做起来很渺茫,所以真正有意识去做这份工作的人更是寥寥无几了。

由于身体的原因,虽然不能像常人那样在单位坐班,但实际上我在力所能及地做着事情。这份特殊的工作,其工作时间或在早晚,或在双休日,或在节假日;其工作地点或在公交车上,或在火车上,或在异地他乡。事实上,我们是在为抢救、收集、整理富锦一中的历史和富锦一中的文化而行动,这是多么有文化价值和深远意义的事情呀!爸爸常说:我们所做的,是一中的一种大文化,这个大文化就像一坛陈酿的老酒,越陈越醇香,越陈越珍贵,时间久了,人们总会品味到的。

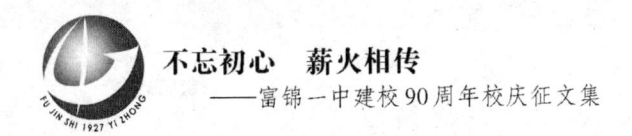

## 不忘初心　薪火相传
——富锦一中建校90周年校庆征文集

2007年,富锦一中建校八十周年。为了搞好校庆大典,为了整理好一中的文化,为了给天下富锦一中人一份美好的纪念礼物,学校组织编辑了《富锦市第一中学》画册。各地前来参加庆典的校友们,拿到这本书后非常高兴,认为这是一份含金量最高、十分珍贵的礼物,值得收藏。我有幸参加了这本书的编辑工作。今天,当我翻开这本书的时候,仍有一种欣慰感和成就感涌在心头。

为了办好校史展览,为了编好《故乡　母校　黉友》《富锦一中校史》等,我做了很多事务性、资料性的工作。平日里,我在接收校友们的信函、照片、文件等,复印一些原始文件、稿件、老照片等。此外,我还常跟着爸爸出门外地,走访老校友和知情人,查找、收集一些原始资料,了解、掌握一些有用的东西。

我想起了那几年在北京走访的情景。在京城,我们乘地铁,挤公交,打出租,亲自到一些老校友家里访问。为了弄清楚日伪时期富锦女子国民高等学校(该校后来合并到富锦一中前身的学校里)的真实情况,我们走访了杨枫、杨桦、宋杰、安绍杰、钟鸣等五位女士,这些八十多岁的老人不仅口述了一些当年日伪时期和解放战争时期她们所在学校的情况,还给我们提供了一些非常珍贵的老照片、回忆录等。回来后,编写者就把三江省立富锦女子国民高等学校及前前后后的情况真实而全面地写出来了,而且填补了《富锦县志》的空白。

我还记得那次去往长春的艰辛与收获。那天我们在京哈高速上,一路风风雨雨。一进长春市,电闪雷鸣,大雨倾盆。来接我们的是爸爸的同学,虽然手机接通,说好了见面的地点,但是,夜幕降临,线条雨帘遮住了人们的视线。他们打车在雨中绕圈找我们,我们的车也在雨中绕圈找他们,绕了老半天才见到。从长春回来那天,我们的车又出现了故障,发动机打不着火了,在哈同公路上抛锚一整夜。但是,这次收获最大。我们在吉林省档案馆查到了十分珍贵的原始文件,即"中华民国"十六年前后,富锦县立中学校(一中前身)从筹备到开学的情况,包括校址草图、教学计划、规章制度、教职员工、学籍名单、学业成绩等，都掌握了。因为复印量很大，档案员阿姨说了一句幽默的话：你们这是要把我们馆里的完整档案搬家呀，搬到你们那里去呀！那次，光复印费就花了六百多元。后来，在编写《富锦一中校史》时，编写者就把"民国"十六年（1927年）建校及前前后后的情况写全面了，写清楚了。

现在，我还在做着收集富锦一中历史文化信息资料的工作。

今年，时逢富锦一中九十华诞。桃李天下，人才芬芳。应学校领导的要求，我又与爸爸一起联络各地校友，收集整理校友们的文艺作品，为富锦一中九十年而抒发情怀，书写篇章，回忆往事，怀念母校，感恩良师，激励学子，梦想未来……

尽力而为，有所行动，贵在坚持。我，坚持为富锦一中光辉灿烂的文化增添新的篇章而努力！

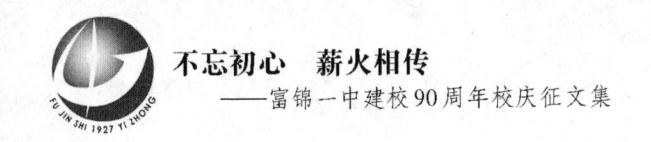

# 守候感动

吕宝剑

　　花朵悄然离开枝头,我因落红的有情而感动;岁月在母亲的容颜上刻下皱纹,我因那永不改变的关怀而感动;时空阻隔了相见,我却因那阻隔不住的师生情而感动。

　　徒步人生,让感动慢慢沉淀,享受宁静的生活,拾取那丝丝情绪。

　　已不知何时加入了教师的行列,虽是充满无数坎坷,无数艰辛,但又不乏成功,喜悦。"守着清贫谈富足",这大概是教师的职业特点。夏来看莺飞,秋来看草长,云杉树的年轮里载入了我们美好的年华,刺梅花的蕊上辉映着我们甜甜的笑靥。春去秋来,闲时一个布袋,柴米油盐酱醋茶;忙时一根粉笔,香甜苦辣咸酸涩。站看风来风去,坐观云聚云散,静静地享受平淡,同样是一种生活的态度。然而,这里并不乏美丽,每一个关注的目光都充满友好善意,每一份温馨祝福都传达着浓浓的爱意。师生严如父子,同事同学亲同手足。江河无言,情深似海;草木无语,一片丹心。多少激动人心的时刻镂骨铭心!怎样表达我的心情?我只能说,当时光慢慢老去,把许多风一样的日子和无比的快乐一并交出去,交给那个叫作年龄的人,而我化作一粒尘土,融入这片土地。

　　还记得那个美丽的日子,天高气爽,七彩斑斓,混合着阵阵甜丝丝的风。校园里到处是观赏的目光,今天是校友们"回家"的日子。片片银杏叶,像金黄色的小蒲扇摇曳着梦想,人的思绪也随着它们慢慢飘远。整个氛围,犹如一湖碧水,澄清甘洌;又如一簇幽兰,芳香扑鼻。一位校友,站在一中的校门口,对着女儿说:"这曾是爸爸和妈妈的母校。"话语里充满喜悦和自豪。小女孩闪烁着大眼睛，还无法理解妈妈的话，眼里充满神奇。一位头发花白的校友，站在校训前沉思良久，神情庄严而凝重。也许他记起了那些峥嵘岁月，秉烛书海不觉晚，晨起书声日未轮，那沉甸甸的记忆激励了几代人！另一位老校友，在他女儿的搀扶下，迈着蹒跚的步子，几乎走遍了校园的每一个角落。校园里的一花、一草、一树、一木，在他的眼中都是那样的富有魅力。穿越岁月峰头，伴过历史云烟；花市观潮，园林踏浪。纯洁的心灵永远向着知识的海洋。我懂得他们这样执着的缘由了，一中的每一寸土地都是他们梦想启程的地方，一中的每一寸肌肤，都是他们魂牵梦萦的景物，寸草之心定要三春日晖。

情在左，爱在右，我徘徊在生命的两旁，丝丝感动涌上心头。有人说校园是象牙塔，除了指它封闭和不染尘俗外，还有就是它那洁白的诗意。今天，校友们都是来寻找那份诗意的吧。在他们心中，青春之河定会千年长流，青春之树定会万年常青，青春之梦也将成为永恒……

感动让我在岁月中充实，让我在人生中成长。风沙带走我的忧伤，顽石刻下我的梦想。我愿携一缕希望的阳光，将至情谱成优美的旋律，将感动化为这奔涌的篇章。

不忘初心 薪火相传
——富锦一中建校90周年校庆征文集

# 学生篇

# 我热爱的那片土地

**2015 级（1）班　阮　航**

有一个地方，我们三年的时间都在那里度过；有一个地方荡漾着我们的欢声笑语，琅琅书声；有一个地方，我们深爱着，我们在那里奋斗，在那里成长，将自己三年青春付于此地。

初秋的你，在阳光的照耀下，对于带着无限憧憬与向往的我们来说，充满了无限魅力，散发出理想的光芒。状元路两侧的树叶已泛起了淡淡的金黄，但油绿还在叶脉处挣扎出一隅之地，自行车在车场中井井有条地排列着，有来迟了的学生在路上飞向教学楼，书包肩带在身后飘扬。直立于秋光之中，我们抬起头，向着光亮那地方，向前面的老师教官喊出一声嘹亮的——你们好！

秋去冬来，第一场雪纷纷扬扬落满整个校园，也许在测验中没有得到理想的成绩，但我们依然全心全意，奋笔疾书，为了在高考战场上胜出而磨亮自己的尖刀。大地一片银装素裹，我们在操场的雪地上纵情欢乐，抓起一团雪掷向自己的伙伴，天地间仿佛又下了一场大雪，雪花又在冬日的暖阳下从地面向半空弥漫开来，楼前的松树被大雪压弯了树枝，世界都被雪覆盖着，白茫茫一片，真干净。

草儿在冰雪还未褪尽时就已破土而出，刺玫花在复苏的大地上绽出最甜美的笑容，点缀你曼妙的身姿，芬芳在我们的心房。嫩绿的色彩已在校园中盎然勃发，球场上已经开始有同学打球了，偶尔会下几场连绵的雨，我们坐在洁净静穆的教室内，听着风雨吹打树叶的沙沙声，挑灯而读。恒志楼中高考就是考人品七个大字早已深刻心底。

## 不忘初心　薪火相传

——富锦一中建校90周年校庆征文集

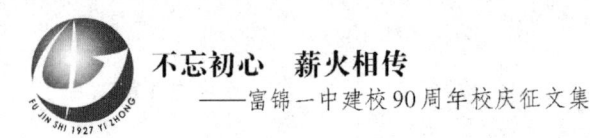

温度在不知不觉中攀升到一年的最高点，骄阳照射在这片土地上，女孩们已穿上了凉爽的裙子，坐在球场上看着激烈的篮球赛，男孩们在球场上进攻，防守，一个立定，三分投进，场下传来一阵热烈的掌声与欢呼。知了在窗外吱吱地叫着，勤思楼，恒志楼，诚朴楼上的金字在阳光直射下熠熠生辉，我们执笔在汗水不断滴落中，谱写自己青春中最努力、最难忘的篇章。

幸运的是，我与你相识相知；遗憾的是，我只有 1 095 天与你相守。我终将与你分离，三年时光于 90 年历史来说又何其渺小。三个秋冬春夏，这片土地见证了我们所有的拼搏、努力、所有的喜怒哀乐，也许我们终将天南海北，山高水远，纵碧落黄泉，此生与你相伴三年，也是无悔。建县百年，建校 90 年，你经历了无数辛酸苦雨，用你赤诚的热血之心哺育了一代又一代学子，在你的荫蔽下，我们靠着你的肩膀，拉着你的手，用最轻柔的语调告诉你：我们爱你。这片土地是我们梦想的摇篮，匡扶我们成长为"勤恒诚朴"的才子佳人；亦是我们第二个家，在失魂落魄时，为我们提供温暖踏实的慰藉。我们能自豪地拍着胸脯对他人说，我是这片土地的一分子，我是一中人！

也许你教导出的第一批学子已白发苍苍或黄土白骨。而今却还有一批又一批的稚嫩脸庞向你展开期待的笑脸，正嗷嗷待哺。90 年来，你孕育出一批又一批益于国家益于社会的栋梁；培育出一代又一代志存高远，心纳天下的有志之士；你也正在哺育着一级又一级的热血青年。

"大鹏一日同飞起，扶摇直上九万里"，乘上时代的东风，发扬超人的智慧，一中必将实现"好风凭借力，送你上青云"的宏图壮志，在天空中展翅翱翔。

愿你永远光芒万丈，

愿你长长久久青春永驻，

愿建校百年我还能拥抱你笑逐颜开，

愿你如红日初升，朝气蓬勃，

愿你被在校学子热爱,
愿你被毕业校友惦念,
……

借用一句诗"如果我爱你,绝不像攀援的凌霄花,借你的高枝炫耀自己"。我说:"如果我爱你,绝不在你辉煌下炫耀自己,我必将用自己的能力为你的惊鸿历史添砖加瓦。"

祝母校90周岁生日快乐,
此生无悔踏进这片土地!

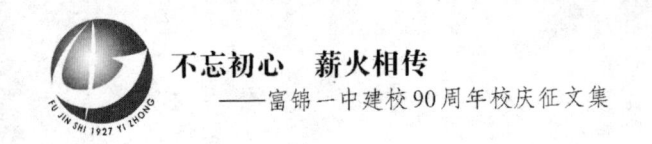

# 托起未来的希望

## 2015 级(15)班　王一冰

"九十载育英才,励人树志育未来",富锦一中九十载风霜雨雪、九十载寒暑春秋,一路承载太多人的期待与爱恋。教育前线奋力拼搏,教书育人,才迎来今天一中的辉煌的成绩。

风雨润仁心,九秩砺成喜。富锦一中于1927年成立,发展至今已经成为黑龙江省重点中学、示范性高中。人们常说一个学校的发展主要决定于决策者的领导、指挥能力。校长在决策过程中任人唯贤看重能力不重花哨。这使我们之间拥有亲切感,像在一个大家庭,一中这个大家庭让我们拥有温暖,也使我们都沐浴在阳光下。同时注重师德师风建设、课堂授课效果等。九十年来,富锦一中不断完善教学体系和育人环境,形成好风气。为祖国大地培养出一批又一批的栋梁之材,打开了胜利的大门。

三才圣境腾飞处,海北天南竞英才。90年,一中培育来数以万计优秀学生,从这里走出去,走向全国,走向世界。他们身处全国各地,为祖国建设奉献青春。一中人无论身处何地,一直以一中精神为人做事,秉承着一颗赤子之心坚毅的态度面对人生的挑战与挫折,打拼出美好的未来。

三年磨一剑,一箭将出弦。高三的学习、生活很紧张,便早起在英才路上大声朗读海子的《面朝大海,春暖花开》,在"做一个有正能量的人"中寻找力量。晚自习之前和好友在操场上跑步,去除一天学习的疲惫,养精蓄锐上晚自习。

我们的校园,九十载风雨培养精英无数;我们的老师,九十载沧桑育桃李满园。作为一所学校,九十载并不悠久,它像一个年轻人,前进的过程中充满活力与激情;就像一张拉满的弓一样,射出的箭正以前所未有的速度和动力前进着。我们坚信在全体师生的共同努力下,未来将更加美好。

学校的管理和关注、老师的关爱和付出,为我们许多人铺上了走向人生辉煌的路。从一中的诚朴楼到勤思楼一路走来,一中"勤恒诚朴"的校训已经潜移默化地刻在我的骨子里。把希望和祝福放在将融的冬天雪被下,它们助力春天的秧苗成长,送给你满园的丰硕与芬芳。

九十年风雨兼程,九十年青春如歌。年华流转,不变的是学者心;岁月如流,永恒的是师者魂。用生命启迪智慧,用爱心滋养希望。九十年创建金色辉煌,九十年谱写华丽篇章。梦里的花瓣掉落,我的梦在光明里萌生,我虽然不是最优秀的,但我一定是最努力的。幻想,憧憬,落实于行动。我在光明里将希望点燃,而后,永远不灭。

忆往昔,桃李不言,自有风雨促沧桑;看今朝,厚德载物,更续辉煌。金秋之际,丹桂飘香。一回首,只为栽下满园无名幼苗;如今抬头一望,不料长出遍地李桃。

感谢您!我的母校,是您用那一双有力手掌托起了未来与希望,让我们借力翱翔!

祝您九十岁生日快乐!愿您永葆青春,培养一批又一批国之栋梁,续写不朽的篇章!

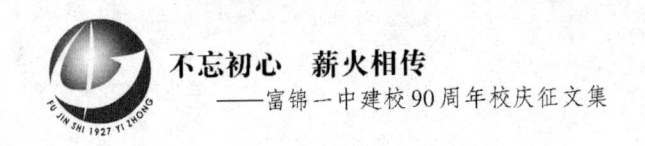

# 九十周年　风雨如磐

**2015 级(13)班　狄亚男**

时光荏苒,岁月峥嵘。在这秋高气爽的丰收季节,富锦市第一中学迎来了建校九十周年华诞。九十周年校庆,是富锦一中承前启后,继往开来的里程碑,是富锦一中团结奋进,再创辉煌的新起点,是富锦一中凝心聚智,彰显风范的新契机。

九十周年砥砺耕耘的风雨历程,九十周年求索进取的辉煌足迹。九十载风雨兼程,九十载携手向前,全体一中师生团结协作,艰苦奋斗,一中从无到有,发展到今天孕育无数学子的名校,累累傲人的硕果,是几代人的奋斗见证,沁人心脾的文化氛围是一中师生共同踏出的一片晴空。敬业的教师们在讲台上挥洒汗水,传播知识,坚守自己平凡的岗位。学子们怀揣渴求知识的心,勇于拼搏,自强不息始终践行着"勤恒诚朴"的校训,在一中这肥沃的土地中发芽成长。

众所周知,高中是每一个人一生中最难忘的时光,是一中,为学子提供丰富的名贵资源,让我们人生中最美的时光不只是欣赏美景,更丰富了我们的内涵。啊!还记得校歌吗?"峥嵘长白山苍苍,浩瀚三江水泱泱,我校巍然兮辟榛荒,春风化雨兮集一堂,勤恒诚朴校品芳,努力不息图自强,前途永无疆,同山高兮共水长。"这是伟大的革命者张进思校长为我们留下的遗训,告诉我们永留红色信念,永远自强不息。

九十载桃李芬芳,薪火相传。九十年来,您的辉煌见证了无数人的成长!博大的胸襟是您对自己的承诺,您无悔的执着谱写了一页又一页的光辉,你在祖国边境上为教育事业贡献着,您自强不息的精神激励着一代又一代学生前进,而我想用最真诚的心声来表达对您最真挚的爱意。

这所像父亲一样有着强壮的可以庇护儿女的臂膀的学校,像母亲一样有着温婉的可以湿润干涸心灵的柔情的学校,这样的富锦一中啊!愿您能像大鹏鸟一样最终跃入广阔的天空翱翔,亦犹如一颗夜明珠,在祖国边陲散发夺目光芒!

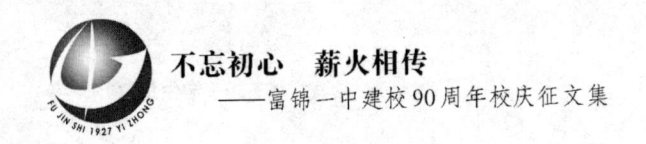

# 同山高兮共水长

## ——庆第一中学建校九十周年

**2015 级(13)班　刘晨晨**

昔我往矣,杨柳依依;今我来思,雨雪霏霏。忆往昔,三江富饶之地,松花江水滚滚而过,富锦市第一中学在黑土地上巍然屹立。

九十年的风雨,九十年的磨难,九十年的坚守铸就了桃李天下的伟大成就。

从 1927—2017,九十年的历史长河奔腾而过,白驹过隙,转瞬而已,大浪淘沙,给后人留下了最真的礼物。

漫步英才路,看杨柳低垂,感学风氤氲,注视着张进思校长的雕塑,内心除了尊敬,更有一份感动。富锦市第一中学建校的不易,离不开张进思校长的栉风沐雨,离不开无数一中学生的共同奋斗。

初建校时的艰辛历历在目,敌军来犯战火连天,正是张进思校长和广大一中人的共同奋斗,才得以让一中在硝烟中傲然挺立,让一中代代意气风发的学子在这里生根发芽,开出最绚丽的花。

是一中人的努力诠释了"勤恒诚朴"的真谛,让这些好品质在无数一中人的心里,生命里,生根发芽。

静心聆听,那首校歌不禁在耳畔回响,

峥嵘长白山苍苍,浩瀚三江水洋洋,

我校巍然兮披榛荒,春风化雨兮集一堂;

勤恒诚朴校品芳,努力不息图自强,
前途永无疆,同山高兮共水长!
"同山高兮共水长"这不仅是一句简单的话语,更象征着我们富锦一中永不畏惧,勇往直前的发展。
做一中人怀揣一中魂,让一中在我们的努力下越来越强!

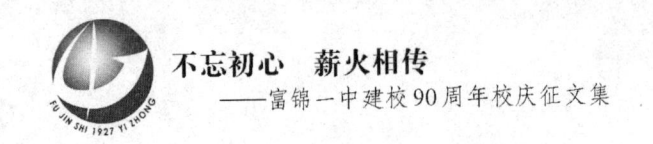

# 贺母校九十岁生日

**2015 级（15）班　陈怡冰**

我一直认定,我与富锦一中是有着千丝万缕的联系的。

很小的时候,有来外公家探望外公的年轻人,外婆说他们都是外公在富锦一中教过的学生。外公曾是在富锦一中工作的一名教师,他跟我讲起过很多关于富锦一中的故事:张进思老校长和进思大街;富锦一中曾叫富锦中学,它是佳木斯以东地区历史最悠久的高中;董奎学校长"保持清华北大连续性"的辉煌口号……在我心里那应该是一个有着崇高历史文化精神和富锦市最高学府的辉煌地方。

可我从未去过,但又无限憧憬。

再长大一点后,爸爸总在饭桌上说起,现在的老五中后院承载着他的青春年少。晚自习放学后和他的室友偷溜到路灯下看书学习。还有吃不起的食堂饭和他向往的远方。他还说,他和全班同学一起在新校址栽的树,富锦的撤县建市的纪念楼和门卫小刘。

父亲最终考上的是一所211大学,那也是我所向往的,于我而言,大学的魅力和爸爸痛洒汗水的青春都是一股巨大魔力让富锦一中罩上了梦想迷离梦幻的纱。

彼时,一中在我心里就像徐志摩所说的"那完全诗意的信仰"!

后来,我的家搬到了一中附近。一中的轮廓渐渐清晰。在四中上学放学时总能看到一中的学哥学姐,他们穿着蓝白相间的校服,朝气蓬勃,像每部冰淇淋一样清凉的偶像剧里的生活一样,有着诗和远方。即使不在一中,也能感受得到他们身上的朝阳书生气和一中学子的蓬勃向上。

那是2015年的夏天。

彼时,一中录取通知书已是囊中之物。所有关于一中的认识冲击着我的大脑,篮球场旁爸爸种的树和外公说过的张进思校长塑像……,我也如愿以偿地穿上了一中的校服。一景一物都在记忆中交错重叠。

这就是一中。

有些不敢相信又真实的存在,与想象的重叠和对新事物的好奇。现在,一中是活的了罢。我看到了它的每个教室,看到了它的每处花草。知道了会开条的教导主任是我的物理老师,班主任也曾教过我的父亲,听过了"峥嵘长白山苍苍,浩瀚三江水洋洋"的旋律,听过了徐校长的大会发言和开过的运动会。当然,伴随而来的考试和家长会。

其实说个不恰当的比喻,高三了,有时真有一种媳妇熬成婆的感觉,这大概是富锦一中的魔力,它会让你有一种终于可以去你所期望的城市,超越那些听起来很厉害的别人的故事。它会让你有机会可以获得大学的通行证,它承载着所有一中学子青春年少的汗水和努力。

但同样地,我也知道母校现在面临着很多的危机和挑战,我们会随母校一起共筑辉煌。在很多年的以后,富锦一中还会是我魂牵梦萦的地方。

故事讲完了,这只是一个2015级文科生在一中生活了近三年的平淡故事,没有一波三折跌宕起伏。但一中也确实曾是我一段完全诗意的信仰,衷心地希望母校能够像校门口的松树一样,历经沧桑风雨,无论四季,都常青不倒。

在此,对母校富锦市第一中学九十周年诞辰致以最诚挚的祝福。愿母校越办越好!九十岁生日快乐!

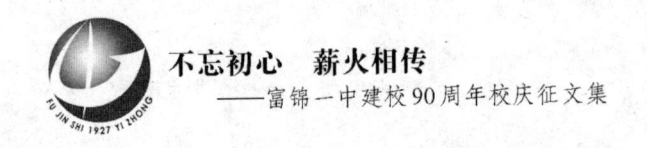

# 感　　谢

## 2015 级(11)班　张　建

感叹,三年一眨眼,时间啊,真快。一晃然,我已经慢慢走过了三年,马上就要离开了。这三年的时间,说长不长,说短也不短,和一周比,确定挺长,和九十年比,却也不长。

从 1927 年到如今的 2017 年,一中已经在历史的长河中徐徐前进了九十年,她见证了九十年的风霜雪雨,她见证了九十年的荣辱兴衰,九十年,沧海桑田。可是张进思校长留下的校训还在,他的铜像还在艺术馆前注视着我们。

九十年,九十岁的她老了,但她还朝气蓬勃,不断向前,九十岁的她年轻着,但她又经历沧桑,经验丰富。

作为一个学生,很荣幸参与了九十周年的其中三年,很荣幸在最后一年参加一中的校庆,很荣幸见证一中三年的改变。

不只是感到荣幸,更是感谢、感恩、感激、感谢老师三年来对我的栽培,感恩同学三年来的陪伴,感激一中三年来带给我的一切。

还记得,三年前,刚刚踏入一中的校门,除了扑面而来的陌生感和新鲜感,还有那么几分小激动和小无助,不过,开学的军训让我和同学迅速地熟络了起来,很大程度上冲淡了新校园的陌生感。

还有音乐老师,手把手地教我们一中的校歌,那旋律每次响起,都会使我热血沸腾。

在一中的三年我收获了很多,第一次参观校史馆、第一次入学仪式、第一次校运会、第一次成人礼……至今记忆犹新,我收获的不仅是知识,更是三年的师生情和同窗情,这将使我铭记一生,亦将使我受益终生。

进入一中之前,我从未想象过,三年的羁绊到底有多么深沉,我只知道,这就像一个印记,刻在骨子里,烙在灵魂上,不可磨灭。

即将就要离开她了,还有半年,真想早些离开一中进入大学,不是待够了,而是如果我留级,我怕她会伤心。舍不得,我真挺舍不得的,舍不得这三年的老师、同学,舍不得班级的课桌、黑板,舍不得校园内的绿荫和杏花。

离开一中后,我不会去和别人赞美她,我更不会去歌颂她,我只会在心中默默地铭记她。可是,如果有人问起,我会说,我来自一中,一个拥有漫长历史的学府。

在这里,有欢笑,也有泪水。我们笑过、哭过之后,才明白,我们是多么地爱一中。

今年,九十周年的校庆,我在,希望十年之后,我还在,而且将是衣锦归故里,参加百年校庆。

我将亲手献上我的祝福,让世人看见她的荣耀。

三年光阴,九十年的春秋,我由衷地感谢她,往届的学子也同样感谢她。

我相信,每一位从一中走出来的学生,都会怀着一颗赤子之心归来。总有一天,一中的"桃李"会落叶归根,见证一中至今为止仍在散发的荣光,我们无悔,无悔成为一名一中人。

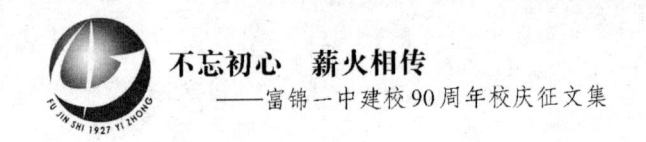

# 岁月如歌

**2015 级(2)班　杜怡霖**

　　九十年,风吹雨打;九十年,花开花落;九十年的霜雪铸就精魄,九十年的日月谱出壮阔的歌。时光荏苒,岁月如歌,亲爱的母校啊,这歌里唱的,是您昨日的辉煌,今日的充实,明日的希望。

　　而今,被您佑护三年的我们,就要离开这片纯净的天地,挣脱您的怀抱,去看天地,去识百态,去追寻各自的未来。

　　在三年的记忆里,您有如忽然绽放出的一团花火,在我的生命中划过一条悠长的弧线,拖出优雅的光束;有如一条美丽的长翎,永远地在我的脑海中翩翩起舞。在您给予我的信念中,我会勇敢地走过一个一个流转不息的季节,寻找通向希望与美好的彩虹。

　　只是此时我不愿看到季节的变迁,不愿任时光溜走。

　　我还能对您说些什么呢?我还能为您做些什么呢?

　　只剩下最后一个春夏。

　　已逝去的时日,自然是牢记的,当老树新芽,芳草萋萋的时候,三五成群,聚集在一起,有时会私话谈天,彼此诉说着仿佛永远也说不完的秘密。有时,则品一本诗集,低吟泰戈尔的睿智、叶芝的痴情。细碎的声音被送入乍暖的春风里,迎着暖阳飘去,混着青草的芬芳,似无还有的神秘。自然少不了雨,如油春雨润物无声,滋养着万物,与春雨一般可贵的,是您所提供的学习环境,滋养了我们这些求知若渴的春苗。

　　从春至夏,这片土地也开始渐渐繁荣起来……终于,便迎来了最热闹繁荣的盛夏。一片片的洁白,是茉莉吐露芬芳,一簇簇的青绿,是云松的苍劲，一丛丛的淡紫，是丁香的优雅……当然，还有那一树一树灿烂的嫩粉与柔白，是杏树的明艳与惊人之姿。陶醉在这片繁华的王国，任由发丝随风纠结缠绕浸染上醉人的花香。

飒爽的风卷着金黄的叶，漫天飞舞的淡金里，秋的浪漫被拥入您的怀抱。秋高气爽中，我们徜徉在知识的海洋里，听谆谆教诲，殷殷嘱托，学府之中洋溢出书墨香气，优雅内韵。"北国风光，千里冰封，万里雪飘。"到了银装素裹，满眼温柔的雪色的季节时，我们却丝毫感受不到冬日的凛冽。正是您的柔情，您的呵护，给予了我们冬日里可贵的温暖与感动。

九十载忆往昔，桃李不言，自有风雨话沧桑；而今应看今朝，厚德载物，更续辉煌誉五洲。您的辉煌与我们同在，您的未来由我们开创。

悠悠三载，似云烟，一触即散；似香茗，品味后留有余香淡微；似梦境，终究有醒转的一天。三年之久，心中的感慨无法忽略。从稚嫩青涩到成熟担当，这片天地见证着我们的成长。富锦一中啊，我的母校，请让我为您如歌的岁月谱写新篇章，让您的美与韵味在我的心中盘桓永驻！

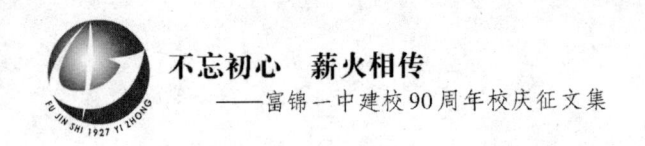

## 江南无所有,聊寄一枝春

### 2015 级(2)班　张　雪

  天色未晓,已然梦醒,心有忧怀。念无与为语者,记此篇,虽文笔粗拙,聊寄此情。

——前记

  前些日子,与一好友聊起雪来。她处南方,南方的小雪轻柔,绵软似糖,总带着几分甜絮。她认为这雪没劲,便问我:"北方雪壮丽几何?"我哑然,雪于北方,不过平常之物。倘若总用:"大、多、厚"之词,未免流于俗套;雾凇、雪枝一类词又都落了窠臼。她极力地让我去描述,我无法,也无能,便随手选了几个平常之景讲给她听,果真换来失望的"啊",这声音悠长到我羞愧难以自持。

  日子渐久,我思索这究竟为何?现在大抵明白了:司空见惯的景物,对于我来言,早就已经审美疲劳,没什么感觉了。就如同我这高中三年,在漫不经心的时光里随意信步闲庭,毫不珍惜;但如今进入高考的倒计时,竟然发觉这从指间逝去的平常如此珍贵,恰如饮茶微涩中最后的一点回甘,这极甘之味便是我的校园——富锦一中。

  一中之味浓,不亚于百年老店里的高汤,浓稠入味。一碗牛肉面,最美的不过牛肉、菜蔬和鲜辣的汤汁,而一中人情便是汤汁,熬出一片的鲜香海潮。牛肉是一中的饭菜,最为充实,饱人口腹。菜蔬大抵就是校景,点缀得富有情趣,杂糅一种四季常春的滋味。

  一中最浓之情,恰似一句诗:"晚来天欲雪,能饮一杯无?"随口一问,便是温情,便是暖意。刚入一中,我就有这种感觉。一次,去办公室问老师题,老师刚好不在。那时作为高一新生,望着满屋子老师,我不免有些局促。老师们都很忙,忙得连瞥我一眼的时间也没有。我就静静地站着,一脸的尴尬。这时一位不相识的老师发现我的窘境,便与我清谈几句,寥寥数语,却温情如水,我至今仍无法忘记她。

老师开学第一天就说:"早上必须要吃饭,否则你们撑不住。"班主任看到我因忙黑板报而不吃饭时,温情如母的话语:"该吃点早饭啊,别饿坏了身子。"同学间素昧平生,只是随意瞄了一眼我摞至下巴的本子,便热情相助,后来才知道,她本在三楼,竟为了我,捧着一大摞的本子给我送到五楼。我何德何能,竟得多少人真诚相待。或许这种事情不过是鸿雁掠水,棠梨入土,终归在繁杂的琐碎里消磨得干净。但我知道,这种善意,早就碎裂成了星子,混在空气里,在风的作用下,流动如水,漫过每一个角落。情浓至此,又怎能不爱?

肉香,饭实。一中的饭食,谈不上有多精致,却有一种最为安心的充实感。油类的厚重,翻炒的相当,菜蔬的应时,大勺一动,便咋咋呼呼地卧在一大盘子里,带着莫名的鲜活气。像是干枯的树,略浇一点水,便色泽翠绿起来。我最爱的便是寻一个极为靠窗的位置,正如钱钟书所言:"门外的繁华不是我的繁华。"杂乱纷扰,与我无关。只是静静地坐着,望向窗边摆的几盆干瘦的花,半边枯旧老意,半边浓丽鲜活。就在那里半腐朽地开着,恰与斑驳脱漆的木质窗框相应,仿若流年凝成青砖,填砌成了这般落寞旧景。然后再安然地抿一口奶茶,温暖着微凉的脾胃,无论香鲜的辣汤,还是清淡的汁味,在这个地方里发酵成最促人食欲大动的气味,我也只愿坐着,宁静成一个冰霜雕像。

菜美,景亮。一中之景,总带着几分浓丽,不似昆仑墟那般清冷,带着独特的烟火气。哪怕在最为寒冷的雪后,也总会有那一两声的笑闹,拉你找到温暖的感觉。一中树多,主要为松柏、白桦。松柏常青,有着一种一中特有的不认输的劲儿。白桦优美,秋天时节,最美莫过于秋叶翻飞。范

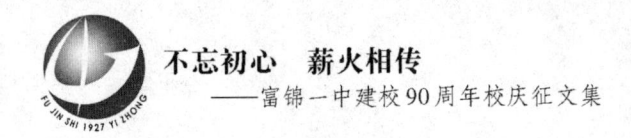

仲淹的"纷纷坐叶飘香砌"大抵描述此景。最美不过雪后,虽色彩淡薄,但极为清丽,学校里种着一种不知名的树,结着艳红的果子,圆圆的泛着光泽,表面略有抽皱感。雪后,红果子树落光了叶子,但颜色欲发浓重。那挂满雪的枝杈,宛若丹顶鹤,振翅而飞。范成大所梦的一千多只鹤,会不会情缘于此呢?最为赞叹的是,树丛中一种叫作三叶草的植物,圆圆的叶片,明亮的翠色,虽压在了白如梨花的雪下,却越发展现出深绿的颜色,显示出顽强的生命力来。和那经冬不凋的雪松呼应着,让人感受到一种自强不息的精神。远处是奔跑嬉闹的人群,那种欢声笑语在空气中回荡,仿若那些枝杈也愿为此欢快摇动似的。我喜欢坐在一个小小的地方,看着众人的欢乐,独享一个人的安宁。大抵是看那种古籍看多了,总是爱选一种远离人群的做法,看望凝视这个平常又特别的校园。

  我所剩余的日子总是在颤动中失了自我的一部分,我还有多少天去凝望这些人、事、景。想一想,竟如斯悲凉,我不喜直言明了地说我爱这个校园,我只希望去用指间去抚过这里的每一棵树,用心去记下每一个动人的瞬间。校园母亲,我知道你苍老的眉眼与过去坎坷的人生路途相关,但我不愿回首。用笔头回忆最风华绝代的时候,不是我的所爱。我所爱的,只是亲吻一下你现在沧桑的容颜,愿为你描眉化妆。我也知道,你未曾衰老,你的心性依旧高傲,我们是你放飞的希望,我们也必不会让你失望。我只希望有一天从江南归来,折下春天簪在你的鬓发上,让您风采依旧,不减当年。我是爱你的,这里每一个学子都是依恋你的啊,我的母亲——富锦一中。

# 梦想的起航

**2015 级(6)班　魏　伟**

上初中的时候,每次路过一中,我都会站在门外看一会儿,因为老师和妈妈都告诉我,那是富锦最好的高中。正是因为对一中的那份憧憬,让我有了考入一中的最大动力。

上天会眷顾努力的人。我用坚持和汗水赢来的喜悦是迈进校园时的感觉。走廊里的读书声,教室里老师的讲课声让我更加喜欢这书香围绕的一中。每位老师都尽自己最大的努力教好每一堂课,同学们课堂上的全神贯注和课下争分夺秒的学习,让一中更有一中魅力。一群青春向上的学生,让建校九十周年的一中仍然朝气蓬勃。

建校九十年,一中一直秉承着勤恒诚朴的校风校训,培养了大批优秀学子,创造了辉煌!我非常骄傲我可以在这里开启为期三年的学习生涯,留下属于我的回忆。人才济济的一中让我意识到初中优异的学习成绩已经成为历史,我必须要更加努力的学习,才能追上比我优秀的人。是一中让我有了一股积极向上的拼劲儿,是一中为我营造了良好的学习氛围,也是一中为我的梦想启航助上一臂之力。感恩,感激!

九十载风雨培养精英无数,我们的老师灌输我们知识。八十载艰苦成就了体制更加完善的一中。转眼间我已在这充满活力和激情的校园走了两年,即将面临高考,曾经一中是我向往的学校,现在一中是我梦想起航的地方。我会竭尽全力奋力高考。感谢老师一直以来的陪伴,教我解决难题,是老师帮我插上梦想的翅膀,让我可以飞翔,去寻找属于自己的天地。

峥嵘长白山苍苍,浩翰三江水泱泱……每次周一升国旗听到校歌,我浑身的汗毛都会竖起来,就会瞬间恢复斗志。一片充满智慧的土地,奠定了丰厚的底蕴,托起无数心灵放飞梦想,保存了我们每一个青春的步伐,看着我们成长。

我们的校树云杉象征着自强不息,人才兴旺,至善至美,更象征着我们伟大的一中。我们的校花刺玫瑰,象征着健康和谐美丽,这更是一中对我们莘莘学子的希望。努力吧少年,珍惜在校的每一天,用成绩报答学校。

未来还长,我相信一中的明天会更美好!

# 今生，注定的情缘

### 2015 级(7)班  杨季卫

我想，我跟一中一定有缘分。

我第一次看一中校园时，是十几年前的事。父母跟我说，一中如何如何，我却很难产生太多复杂的反应，因为尽管我在富锦生活，可当时我的年龄实在太小了，直到姐姐大学毕业后回到家里，还仍然每天到一中校园里走一走，看一看，那样的兴奋，那样的激动，我便对这所校园产生了神秘感。直到 2015 年，金秋八月，丹桂飘香，带着一份渴望与敬意，带着满腔热情与期待，我踏上了那一条被阳光照射的学子路走进一中。

1927 年，在这片土地上，一所神圣的学校出现在历史的舞台上。到如今，一中已经走过了 90 年的风风雨雨，光阴荏苒，似水流年，岁月在琴弦间滑过，奏起一中这精彩纷呈的 90 年。在这 90 年里，一中有过艰辛也有过辉煌，我们曾培养出那么多优秀的才子，也曾创造出优异的成绩。在这 90 年里，一中不断进行改造，创设图书室，增大教室面积，翻新教学楼等等措施，就是为了让学生们有更好的环境和风气去学习。

在这 90 年里，一中送走了一批又一批优秀的学子，为社会甚至为国家培养了许许多多优秀的人才。一直到现在，每天早上，还是能听见书声琅琅，形成一条美丽的风景线。在这背后，是无数可敬可爱的教师们在这里为我们默默奉献，他们几十年如一日地为我们操劳，有多少老师从青丝熬成了白发，他们只为了那一个信念，替他们的孩子完成梦想创造辉煌，现在的我们马上就要离开老师们的羽翼飞向远方，可无论我们飞往何方，心中都会充满着感激与老师们的期望。

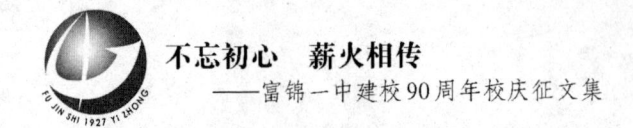

1933年，第四任校长张进思烈士为一中提出了"勤、恒、诚、朴"的校训。这四个字是中华民族优秀传统文化的精华，一中将这四个字作为我们的校训。以这四个字代表了一中的精神，也代表了一中的学子们在纯净的风气中，在良好的教育中学会做人、做事，锻造品格，提升人生境界，养成高尚的品性。就像校歌中所唱的"勤恒诚朴校品芳，努力不息图自强"。我们会永远谨记这四个字，养成良好的品德，坚持不懈，自强不息，成为社会的佼佼者。

一中的校树是云杉树，有"云杉树正壮胸怀志向苍天"之誉。以云杉为树，象征着自强不息，志向高远，人才兴旺，至善至美。校花是刺玫花，每年6月高考时，刺玫花开，芳香宜人，有"玫瑰花开迎高考芳香圣地"之称，它们会时时刻刻注视着我们，鼓励着我们，一中不仅是有着良好的学风、作风、校风的学校，还是一个艺术的天堂，让我眷恋不已。

90年里，一中逐渐地在成长，新增校区，不断加大加强的师资，都是您成长的印记，您将一中传统的学风、教风、作风发扬光大。90年啊，青山依旧在，却是几度夕阳红。您就像我们的母亲一样不辞劳苦，永远都是那么的雄姿英发，一心为儿女们无私奉献着，您不仅教会我们学问，还教会我们做人的道理，让我们在人生的道路上一帆风顺。一中，我的母亲，我要说声"谢谢您"。

"盛誉遥惊四海骇，慕名学子五洲来，学风玉律无形树，校纪金科有影台。"今天，我们以一中为荣；明日，一中以我们为骄傲。请您放心，我们一定会脚踏实地，继承您的风采，带着毅力与自信书写我们的未来，一定会给您一份满意的答卷，愿一中永远那样璀璨夺目，有一个又一个的90年。

# 梦之校园

### 2015级(10)班　于静楠

四季轮回中,多少人,为追求一个梦想,奋斗一生;多少候鸟,为完成一次迁徙,振翅高飞;多少学子,为一个梦之校园,憧憬数载,努力多少春秋,才可以在静美的校园里,仰望淡蓝天空,品味美好时光。

每个人心中都有一个难以忘怀的季节。或春的温馨,或夏的激情,或秋的收获,或冬的冷峻。而我对四季都牵挂,对美好岁月,不忍忘记。

春回大地,万物复苏。

闲暇时,我喜欢倚靠在一棵云杉旁,凝视苍穹,看云飘逸唯美。春风惊起一阵飞舞落英,似画卷美丽,似梦境迷人。

不久,星夜来临。我喜欢在晚自习的间隙,去看华灯初上、繁星闪耀,心安而过。

又是美好的一天。无意间,看到一位老师走过,捧着一本书,似乎是《朝花夕拾》。仿佛眼前就是"繁星",就是"春水"……

烟春三月已过。同学们依然惜时如金,脚步匆匆,太平鸟还是春的模样。只是花瓣凋零。谁也不知母校她的忧愁,如此美丽的春景,有谁愿意舍下?可惜,四季轮回,天之常情。

夏伴随着干爽的风,把三叶草从去年的深绿中解脱出来,使之成为新绿。三叶草和那棵幸运树,也会为我们带来好运。

在足球场和篮球场上,总会见到那些矫健的身影。时而辗转,时而腾挪。他们把汗水挥洒在球场上;更多的,是挥洒在教室中。

进入教室,只听笔尖在纸上飞舞的沙沙声,或同学之间讨论问题的

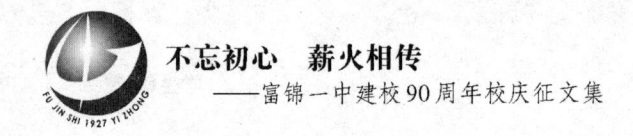

声音。

　　在高考时节,虽不能进入校园,但刺玫瑰的浓郁芳香,依然沁人心脾。

　　那进入考场的学长、学姐们,那守候在校门口的满心期待、焦急等待的父母们;诉说着一个个高考梦、大学梦。

　　夏不舍地离开,仍留下些许余热。

　　秋风爽朗地吹来,带来收获的喜悦。

　　高考之后我和同学们重新回到校园,书写我们的传奇,继续在学海中顽强拼搏、努力前行。

　　也喜欢在书页中夹入一片片泛黄的叶子,直到它们干透,就作为书签,美丽而又简约。

　　冬如约到来。

　　雪花如同一只只精灵,轻盈地飞翔。

　　雪后,仿佛世界被纯白包围,其实不然。

　　在冬的召唤下,几乎所有叶子都回归大地,滋养大地。但有些例外。

　　云杉,常绿乔木,三亿多年前,云杉就在雪中挺拔傲立、坚强不屈。

　　它们不曾落叶,只是默默承受着冬的冷峻和严寒。

　　雪落依然无声。

　　转眼间,又是春风拂过,唤起大地的生机。

　　梦之校园又度过了一年,也是她的九十岁华诞。

# 庆建校九十周年

**2015 级(11)班　单雨晴**

九十年前,你乘希望而来;九十年前,你从一间教室开始,我们的前辈们筚路蓝缕,他们用最坚忍的意志度过了那最艰难的时代。九十年间,你从一所默默无闻的学校成为省重点中学、省示范性高中、省文明单位标兵,九十年间你以优秀的教育质量享誉三江大地。

我们总是感叹时光难握,韶华易逝,朱自清先生说过:"燕子去了,有再来的时候;杨柳枯了,有再青的时候;桃花谢了,有再开的时候。但是,聪明的你告诉我,我们的日子为什么一去不复返呢?"是啊,光阴似箭,不知不觉已在这所充满梦想的校园里生活了三年,犹记得初次步入富锦一中的怀抱时,那种温柔的气息,令我无限向往。像是离家太久的游子步入母亲的怀抱那般亲切,这三年间忘了很多事却仍记得初次步入校园时映入眼帘的那郁郁葱葱的草地;争芳吐艳的花朵;翩翩起舞的蝴蝶,无处不散发着盎然的生机,无处不令人心驰神往。

九十年来,我校本着优质、发展、创新的办学理念,本着传承和发扬的思想,结合校情、师情、生情,又提出了实施精英教育的办学理念,引导一代又一代的学子到达那个名为理想的彼岸,带领富锦一中一步步地走向辉煌。

九十年来,富锦一中从名不经耳到桃李满天下;从普通高中蜕变成重点高中,这无一不印证着富锦一中办学理念的正确性,无一不体现着富锦一中的成长。

富锦一中度过了激流般的九十年,在这九十年里,富锦一中用希望孕

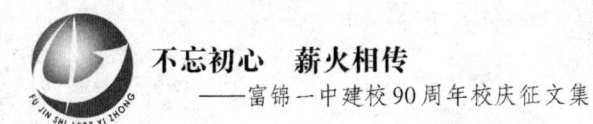

育着无数学子，无数学子的梦想从这里起航，无数学子对富锦一中有着深沉的敬爱之意。对富锦一中有着难以诉说的感激之情。

在这建校九十周年的难忘时刻，我们仍谨记"勤恒诚朴"的校训，祝愿富锦一中激流勇进，再创辉煌，愿富锦一中的学子在未来的发展中百尺竿头，更上一层楼。

# 走过四季,依旧爱你

## ——致富锦市第一中学成立90周年

**2015 级(14)班 韩 越**

那年八月,骄阳似火,偶尔袭来一阵透人心脾的暖风。就在那月的某天,我满怀憧憬走进了你。

初次见你,便感受到你神秘的气息,被你庄严的氛围所深深吸引。而后,慢慢掀起你神秘的面纱,了解到你悠久的历史与光荣的传统,体会到你求实、公道、和谐、高效的行政作风,看着你不断地繁荣与发展,对你的感情也愈发浓厚。怀揣着陪你走过四季、依旧爱你的心,诉说着我对你的爱。

万物复苏的春日,一切被赋予了新的希望。英才路两旁的榆树渐渐地抽出新芽,草场上的小草也偷偷地探出头来。清晨,当第一缕阳光照耀你时,你是如此的耀眼。此时,鸟儿也发出玉石般的声响,像是在对你演奏着爱的旋律。我们也背着书包急迫地走近你,在你的世界中汲取营养。夕阳西下,伙伴们在一起放着风筝,讲着一天的趣事。

烈日当空的夏日,一切都充满了激情。即便是大汗淋漓,男同学们还是在球场上争分夺秒,创造佳绩。女同学们则是用崇敬的眼神盯着球员们,时不时送上鼓励;抑或是手挽手、肩并肩地欣赏着鲜艳的刺玫花,嗅着花香。然而此时,高三的莘莘学子则在充满斗志与激情地拼搏,祈祷着为你再创辉煌。

落叶静美的秋日,一切却披上了萧瑟的外衣。操场上少了玩闹的同

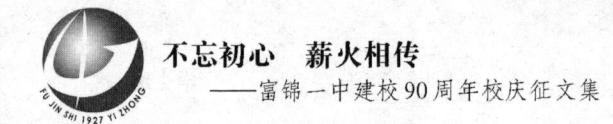

学,教室里则多了些奋笔疾书的伙伴,他们秉持着"勤恒诚朴"的校训,贯彻着"壮志、厚德、勤学、实探"的学风,刻苦学习。此刻,你会露出欣慰的微笑。树叶缤纷落下,有人会惊叹这是一幅画作;有人则会因此触到心绪,诉说着她的心事。此刻,你见证着他们内心的成长。

银装素裹的冬日,一切都变得像童话般浪漫。大雪飘落,包围着你我。你变成银装素裹的世界。我们愈是寒冷,愈是能在你的怀抱里感受到温暖。此时云杉树依旧挺立在原处,象征着自强不息,志向高远的学子,也祝福你的世界中人才兴旺,至善至美。

走过四季,我仍爱你。忘不了运动会上,你热闹的景象;忘不了升旗仪式上,你庄严的画面;忘不了成人礼上,你带给我的感动……

想和你赏晴雨的风光,想和你铺纸笔写余生的篇章,想与你并肩看夕阳。但明年6月,我即将离你而去,此时,我的眼中不禁泛起泪花。为什么我的眼里常含泪水?因为我对你爱得深沉。

# 梦开始的地方

**2015 级(14)班 王 溧**

终于有一天,我在这承载了万千骄子梦想的地方,满心欢喜地向着我的梦想起航了。

——题记

"还记得年少时的梦吗,像朵永远不凋零的花",谢谢你,我敬爱的母校,是你让我的梦想有希望开出绝美的花来;是你让我坚定了向前方的方向;是你让我勇敢地为自己继续拼搏努力下去。

从儿时起,心里一直就怀揣着来到一中读书的目标。在那时我就知道,在这里,会有机会进入自己喜欢的大学,会更有可能实现自己的梦想。真好,我的一中;真幸运,我能见到你;好荣幸,如今我就在你身边,陪你度过你的九十周岁的生日。

九十周年,是一段多么漫长而伟大的岁月。

九十周年,见证了多少代人步步奋斗追梦的足迹。

九十周年,在此期间,您又历经了世界数次翻天覆地的变化。

就在这一年,2017 年,我们最敬爱的母校——第一中学啊,已经在这风雨中走过了漫长的九十周年了。

多少英才曾在这里埋头苦读,奋力逐梦;多少俊杰从这里起步,迈进了大学的殿堂;有多少名师在这里挥洒青春与汗水……谢谢你们,让我们的学校拥有着数不尽的辉煌,是你们创造着母校傲人的历史,是你们让她发展得如此美好。

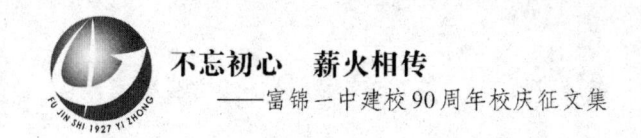

我爱你,四季的你。春光暖暖,万物复苏,一片生机活力的你。骄阳似火,热情耀眼,无限光彩照人的你。落叶飞旋,清新宜人,骄傲又亲和的你。银装素裹,雪花飞扬,独特又不冰冷的你。

　　我爱你,每刻的你。清晨,读书声琅琅,脚步轻快喜悦的你。阳光下,歌声悦耳,嬉闹声欢快,奋笔疾书,努力拼搏的你。夜幕下,铃声响亮,可脚步却不舍,不住回头的你。

　　我爱你,给我翅膀与力量的你。我爱你,每一个你,都是我爱的样子。

　　感谢你,我亲爱的母校,您不只给予了我们知识,还教会了我们为人处事的道理,做人的准则;感谢你,我亲爱的母校,您让我收获了我这一生的良师益友,让我的路不再孤单;感谢您,我亲爱的母校,这个让我的梦开始的地方。

　　感激您付出的每滴每点,您永远是我心中最难忘又美好的诗篇。

　　在您九十岁生日之际,祝您越办越好。希望您今后精彩纷呈,继往开来,再创辉煌!

# 忆 梦

### 2015级(6)班 王 鹏

旧梦依稀,浮华几里,醉然而憩,三秋尽逝。

熏风沉醉,难止流年,暖雨淅沥,尚留残芳,霜叶微寒,镌写过往,寒风凄切,却绽梅香。

霜雪九十载,沧桑云里开,沧桑百年,一中在历史大泽中经历无数风雨,如今仍傲然屹立。他,本就是一段梦,一段传奇的梦。

### 初梦,是布满荆棘的梦

1927,梦的种子坠入这蛮荒之地,在本就荒瘠的土地上,10年,一夕的炮火让这里彻底干涸了,而他仍保持着向上的心,在爆发中沉默,以张进思为核心,以他和他们的血液再次浸润了这微薄的生命,一缕微息,仍再度生长,这段曲折的路很长,12年方见甘霖,他做到了,在残酷的现实中,延续这高尚的生命,让他继续在生命的潮流中徜徉。

### 再梦,是充满曙光的梦

风雨就是种子的天劫,渡劫成功的他早已萌芽,绽了花,以傲然的姿态,面对清风,面对朝阳,一日一日洒下成熟的种子,他们有的坠入清华园,有的落入北大苑,迎来丝缕阳光,便得庇佑子嗣的成长,旧去新来,从未间歇,他似一个慈祥的母亲,给予我们养料,为我们编制似锦的未来。

### 又梦,是缀满希望的梦,是我的梦

我从一片小舟,踏上这艘巨轮,他能带我去遨游,楼外楼,天外天,作

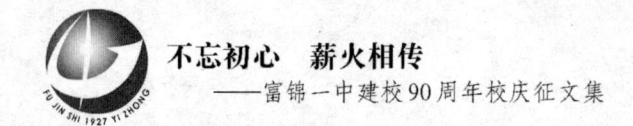

为编织我未来梦的丝线。三秋已过，似乎又到了分别季，怪不得今年的冬格外的冷，许是如此吧。回首，此地，欢笑声，哀叹声，哭声，一切仿若倏忽眼前，轻触只余下了美好的笑靥。秋时我曾摘下一片叶，望着树上硕果，抚着叶脉，嗅其醇香，嘴角微扬。日后，我定将其放入书中，藏在心底，每当我翻过，能一嗅昔日芬芳，给予我前进的动力，为我，也为了供给我营养的根，我也要奋进向上。寂寞的你，守于此地，静待花开。

梦醒，一片模糊，不知是怀念仰或是留恋，模糊的灯影竟也映不出我内心的颜色，立于窗前，徐风袭发，杯间茶香，望去，一片鸟语花香。

秋风央，淡清凉，只手诉离殇，冬缨坠，松枝垂，扶帘颔首微低眉，这梦啊，不是个理想，是一种美好，他饱经风霜，诉说历史大潮，他有自己的生命。而我们便是他洒下的希望，每当秋风瑟瑟，无尽感伤，千瞬过，万叶落，红萧尘没风渐弱，正是这一季我们得以茁壮成长。

梦啊，我愿你永存。

一中啊，我愿你与日月争辉。

学子们啊，我愿你们一飞冲天凌霄碧宇，归根而回反哺我们的梦，我们的母校，我们的根。

# 有句情话对你说

## 2015 级(4)班 吴 琼

时光匆匆,在中共十九大结束以后,我们迎来了富锦一中九十年校庆。九十年的春华秋实,九十年的满门桃李,九十年的满心荣誉,将在这一刻尽显她的光辉。

九十年里,富锦一中艰辛有时,苍凉有时,辉煌有时,繁华有时。学校校址几次迁移和扩大,终于从1927年的一间小教室到今天的拥有几十万平方米的占地面积。一中校徽以学校校树云杉树为原型设计而成。树干成"1"字形,象征办一流学校,创一流业绩,出一流人才。刺玫花作为我校校花,除了有理气解郁和血散瘀之性能之外,在每年6月高考时,刺玫花开放,花丛鲜艳,芳香宜人。更有"刺玫花开迎高考""芳香圣地"之称。象征着尊重,健康,和谐,美丽。

那一次遇见,命中注定是你。在这个特殊的日子里,她迎来了九十岁的生日。领导和老师带领同学们走过了多少春夏秋冬,历经了多少风雨沧桑,付出了多少汗水,送走了一批又迎来了新的一批……她从东升的太阳中寻找节奏,从葱绿的森林中寻找色彩,她在不停地展示自己的风采,她平凡,却不普通。在这个拥有几千人的大家庭里,我们每个人是那么渺小,那么微乎其微。哪容得下上千人集会的大操场,那充满智慧,真理,创造的教学楼,那校园里的一草一木……都使我难以忘怀,铭刻在心,更使我陶醉在这快乐无垠,青春活力的画面里。

夭夭桃花,灼灼其华,三生三世,待你如初。九十年的时光,在历史的

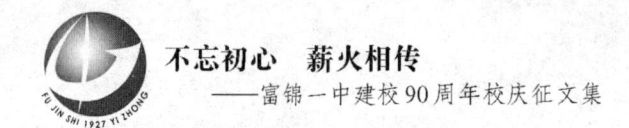

长河中,只是短暂的一瞬,但是,九十年的时间,她经受了历练,她在困境中追求突破,在璀璨中点亮斗志。回眸九十年,卓然不凡。办学条件逐年改善,师资力量稳步提高,教学成绩引人瞩目。她走过了脚踏实地、诲人不倦的九十年,走过了锲而不舍、孜孜不倦的九十年。一朝爱你,此生难忘;岁月荒唐,我不负你。九十年来,她用自己的青春和汗水,打造了她昨日的辉煌,用知识和智慧,挺起了她的背;用博爱与文明积淀了丰厚的底蕴,用豪情和壮志践行着"勤恒诚朴"。

弹指九十年,桃李芬芳。每一个人都有梦想,每一个梦想都拥有自己的天空。而她就是一片智慧的沃土,一座供人攀登的人梯,一盏不灭的明灯。她,如风似雨,在最年少的岁月,相遇相爱相别离。在这片沃土,她用阳光和希望,为无数心灵托起了飞翔的翅膀。

春风十里,不如你。还记得刚刚踏进校园,跨过门槛,迎来的是书香的环境,热情的面孔。在老师的引领下,与她相识相知,十年之中,我盼望过你,我希望投入你的怀抱;十年之后,我长大了,我竭尽全力,走进了你的世界。十年里,我为之奋斗,洒下了汗水。梦里的花瓣掉落,我的梦在她的光明里萌生,我虽然不是那个最优秀的,但我一定会成为那一个最努力的。

九十年了,我们不曾饶过岁月,岁月亦不曾绕过我们。在汲取知识的道路中,是困难阻碍,是荆棘丛生。循着校道翩翩走去,心情如殷红草莓般张结、一派天真。在淡红色的穹天下,在一片紫云粉霞中,你我的同窗之情如此纯粹鲜灵。你有如忽然绽出的一团炽烈耀眼火花,在我的生命中划出一条弧形的漂亮轨道,拖曳着一条极灿烂的光束;有如一条美丽的长翎,永远在我的脑海里翩翩起舞。

"我如果爱你,绝不学攀援的凌霄花,借你的高枝炫耀自己;我如果爱你,绝不学痴情的鸟儿,为绿荫重复单调的歌曲;我必须是你近旁的一株木棉,根,相握在地下,叶,相触在云里。"啊,一中,我愿做那一株木棉,长长久久,永不分离。

九十周年校庆,召唤着我们传承与创新。我知道我们迟早会分开,可至少我们曾经拥有,因为有你,我才愿意努力成为更好的自己,站在你的身边。让我们以九十周年校庆为契机,在传承中发展,在发展中创新,让每一个师生都得到全面发展。进一步增强"同山高兮共水长"的情怀,谱写出富锦一中壮丽的乐章。

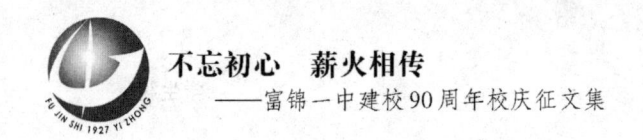

## 遇见您,我何其幸运

### 2015 级(1)班　赵梦頔

初秋 9 月,我第一次走近您,怀着对未来的憧憬和刚刚萌芽的梦。我的母校,遇见您,我何其幸运。

清晨的薄雾还未散尽,我看见您朦胧的身影,恬静、安详。您已准备好张开双臂迎接怀抱梦想的莘莘学子。您会是我们人生的起点,是我们追梦途中最坚实的后盾、护佑我们走向更美好的远方。

时至今日,悠悠九十载风华。日升月落,春秋代序,多少梦想于此启航,多少人生于此升华。6 月刺玫花悄然绽放,一夜点染了校园的生机,像您一样于无声中酝酿繁华。您抚慰了在青春中四处碰壁的失落痛苦,也浸染了十年寒窗所收获的蟾宫折桂的喜悦。您是我们心灵的憩园!遇见您,我何其幸运。

我知道我将与您共度三年,竟只有三年,我唯觉三年太短,对您了解太浅,又恐三年太长,我已与您血脉相连……

富锦一中,我相信不会再有一个地方如您一样给我如此强烈的归属感,有您,我不再彷徨,不再失落;亲爱的老师,我相信,不会再有素不相识的人如您一样做我精神的指路人,增加我灵魂的重量,我无悔无憾。

富锦一中,我亲爱的母校,您的一中人的精神是我远行的锦囊。教师,恪尽职守,无私奉献,学子,正壮胸怀,志向苍天,富锦一中人,为教育不懈努力拼搏。九十年太长,长到不知把多少人的理想转换为现实;九十年太短,您只怕助力的梦想还不够多……我亲爱的母校,遇见您,我何其幸运。

亲爱的富锦一中,我在这里学习,更在这里成长,是您让我有"修身、齐家、治国、平天下"的理想,有"直挂云帆济沧海"的豪情,有"不破楼兰终不还"的坚决,您让我体会到"化作春泥更护花"的奉献精神,是细雨润物的悄然无声,是指点江山激浊扬清的壮怀激烈。您让我们羽翼丰盈,搏击长空;您让我们鼓帆远航,逆流而上……

母校,您是我生命中的灯盏,在黑暗中倾听我的诉说,在迷茫中照亮我前行的方向。您是我生命中的朝阳,给我逐梦前行的勇气和力量。现在,您是我的骄傲,我因您而更加出色,未来,我会回报您三年的教育之恩,让我成为您的荣耀。

我的母校,遇见您,我何其幸运。

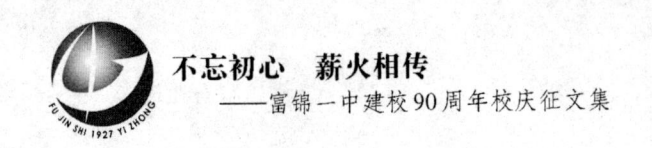

# 云杉古树　玫瑰嘉园

### 2015级(9)班　张　雪

　　百年栉风沐雨,百年春华秋实。回首母校90周年薪火传承,高歌现代桃李芬芳,我们站在校园里,望着湛蓝的天空,望着新生们活泼的身影,望着学校90周年走过的风风雨雨,富锦市第一中学终于迎来了它九十岁的生日。

　　富锦市第一中学建校于1927年,是一所具有光荣传统和深厚底蕴的学校。如今一中是省示范性高中,以其优秀的教育质量和办学成果享誉三江大地。而这一切都取决于先人的努力。

　　张进思,原名张甲洲,1923年考入齐齐哈尔市的黑龙江省立第一中学,自1925年五卅惨案发生开始便带领同学进行了反抗日本帝国主义斗争,后在"九一八"事件中,他受到党的派遣,走上了"打回老家去"开展抗日斗争的悲壮历程。"九一八"事件后,1932年富锦县立中学校被迫停课,由于日本侵占,人心不安,学生不愿上学,他千方百计稳住师生情绪,动员学生返校复课,不断招收新生。为了培养学生军事素质成立童子军,学军事常识,潜移默化地向学生灌输救国思想。1931年8月28日,张进思有事安排,傍晚出城,在前往师部途中经过一片苞米地,张进思不幸中弹牺牲,年仅30岁,为共产主义事业献出了年轻的生命。

　　九十年前,您没有丰厚的资本,没有辉煌的背景,在您的面前只有一片从未开垦的土地,可您从未怨过生命的不公,从未哀叹土地的贫瘠,您只是微笑着告诫自己,一切都会好起来的。九十年后的今天,经历多少个春华秋实,面对那傲人的成就,您依然只是谦卑地告诫自己"我要做的还有很多",那是因为您明白这份成绩来之不易。九十年的风风雨雨都已经过去了,路途中您做出了坚定的选择,一切阻碍您的绊脚石,都将被您那聪慧的大脑和勤劳的双手移开,一切困难都将烟消云散。

如今的您,有着自己的信仰"勤恒诚朴",像一位虔诚的悟道者,在青春的道路上默默前行;您有着自己的歌谣,"峥嵘长白山苍苍,浩瀚三江水泱泱"这是您成长路上的青春之歌;您有着自己独特的娇颜,"刺玫花"在高考前大放异彩,像是您的舞蹈。您有着高雅大气的门面,东西方文化的完美结合处处显露和谐。校徽上的云杉树叶繁茂,像是钻石镶嵌在夜晚的星空,熠熠生辉。

在这个校园里洒满了我们的欢声笑语,留下了我们成长的脚步,为我们的成长奠定了基础。同学们,希望之光已在地平线上冉冉升起。让我们勤奋博学,进取争先,在成长中留下令人难忘的一页!

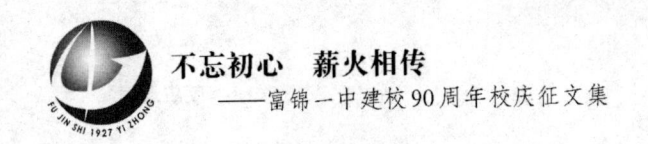

# 回顾过去　展望未来

2015 级(7)班　王婷婷

一中,九十年风雨兼程,九十年桃李芬芳,如同古老河水九曲回肠。"勤、恒、诚、朴"九十年坚守校训,忆当年烽火春秋;思未来古府新光,待繁花开遍来时路。

"勤、恒、诚、朴"是远在 30 年代,我国东北在日本军国主义铁蹄之下,老一辈无产阶级革命家,第四任校长张进思同志,为唤起这所学校更多的青年走上救亡道路,为中华民族的崛起而输送人才,以无产阶级革命家的气魄,运筹帷幄,决胜未来,制定了这个校训。

1927 年,富锦第一中学建立。在兵戈铁马的 1933 年,张进思校长来到了富锦中学。他发动群众,宣传抗战;刻印反满小报,组织进步社团。他像夜空中最亮的星,指引我们前行;他像燃烧的火种,把师生的理想之火点燃。他以革命的真理,唤醒了沉睡的学生。他以坚定的信念,激励着爱国青年。1937 年,一声枪响,划破苍穹,我们的巨人为国捐躯。但是张进思校长,我们可以欣慰地告知您的英灵,今日的一中,在徐宝娟校长的带领下,正以勃勃英姿,奋进于时代的行列。您的遗志,正由我们这一代人接替完成;您谱写的校歌,已成为师生前进的动力,在校园上空回荡;勤、恒、诚、朴的校训正激励着我们健康成长。

缅怀先烈,我们继往开来,深感任重而道远;展望未来,我们再展宏图,为一中添彩!

一中在兵戈铁马,番腔喧闹的时候,她滋润了民族精神;在魑魅横行怪叫连天的时候,她发扬了正气;在和平年月,她培育了三江子弟。她虽几经创痛,履经坎坷,终归有功于国家,有功于民族。这样的一中,今日我们以她为傲;明日,一中因有我们而欣慰。

我们每天沐浴晨光,问自己今天该做什么;告别夕阳,问自己收获了多少。是一中,让我们在浩如烟海的文化典籍中遨游,在诗词的国度里寻觅。让我们去思慕轮回辗转,沧海桑田,去感受烟波浩渺五千年。一中,从最开始的一位老师,一张嘴,一本书,到现在教育的科技化、人性化。黑板一方,为国育才,不负乡亲厚望;讲台三尺,与民施教,为期桃李满园。是老师们育出梁栋如繁星。一年四季风霜雨雪,只为金榜题名时,王冠加冕日。

因一中,让我们有充分的忍耐去担当,有充分的单纯的心去信仰;因一中,让我们慢慢从横冲直撞到变牢固,让我们在肮脏的泥泞里面找宝物;因一中,让我们梦想之路不孤独;因一中,让我们成为自己命运长河的摆渡人。

回首经年,一路繁花,芳香馥郁。

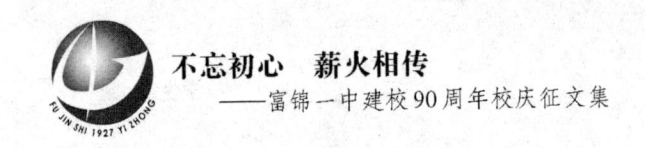

# 致敬一中

### 2015 级(12)班　梁思梦

寒来暑往,它伫立在这里九十年。

春风见证了它的诞生,夏花见证了它的成长,秋叶见证了它的伤痕,冬雪见证了它的辉煌。

它从遥远的历史长河中走来,向一代又一代的学子展示了它的坚毅,它顽强的生命力,它从未改变过的爱国热忱。

富锦一中,它是一坛陈年醇厚的酒,一位充满智慧的长者,一本仍在续写的史书。

愈是靠近它,愈想了解它无声诉说着的,对后辈们的教诲。

是在那六月飘香的刺玫花里呢?还是在那高大坚韧的云杉上呢?抑或是,在千千万万学子踏过的英才路里?

它散布于一中的每一个角落。

它对我们说:"高考就是靠人品。"

它告诉我们,这个年纪要"壮志、厚德、勤学、实探"。

它教导我们,身为一中的一分子,要"勤思、恒志、诚信、朴实"。

是不是就因为这重视德行的校风,因为这严谨的校规,它拥有了让人肃然起敬的力量? 我不知道。我却知道,成千上万的精英因着这校风校训脱颖而出,成为了国家的栋梁之材。

1927 年建校,它走过了民国,经历了抗战,感叹了"文革",见识了许多许多。岁月的更替也在它的身上划下一道又一道的伤疤,它却一边默默地承受着,始终不忘却它教书育人的责任,创造出了一个又一个的奇迹。

九十年,它造就了多少教育事业的辉煌。

"令公桃李满天下,何须堂前更种花",一中,亦是那"桃李满天下"的"令公"。它的学生遍及五湖四海,它的教育美名远扬。一中,是富锦的骄傲,更是三江平原的骄傲。

忽然想起,教学楼内那些激人奋进的名人名言,一中就是这样,潜移默化地影响着它的学子们。母校,不仅仅是学校,更是无数学子们的母亲。它将它所有的养分给了我们,却不求什么回报,只希望它的孩子们能够为自己争气,为国家争光。

恍惚间,我仿佛看到了张进思校长在学生们面前的振臂高呼,看到了前辈们刻苦努力的身影,看到曾经那些领导们说"办好人民满意教育"的热情。

这些,都是一中留给后人们宝贵的财富。

我们应该向它鞠躬,深深地鞠躬。

那是我们对它的敬意。

能成为它的一分子,是一份殊荣,一种骄傲。

勤、恒、诚、朴,融入了每一位一中人的血液中,刻在了每一位一中人的脑海里,无论是前人,还是后生。

历史的车轮碾过,它昔日的容颜只能在校史中追溯,而它的后辈,当成为源头活水,展示出它今朝的风貌。我愿在它史诗般的续章中,留下浓墨重彩的一笔。

站在它的面前,心中涌现出无比的敬意。

我在心里默默地对它说着:富锦一中,愿您能永远伫立于这三江平原之上,愿您的后生,为您创造出更多的辉煌。

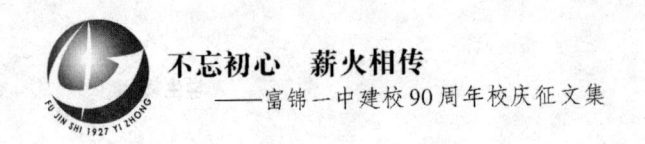

# 心灵的家

### 2015 级(4)班　俞姜梦圆

我愿化作一滴雨水，
迎着风，掠过这片土地的眼眉。
静静地，轻轻地，
融入这儿的所有。
时节交错，时光如梭，
几个春夏秋冬，
我汇入这里的脉搏，
终化为了这土地的血液。

清风拂过微扬的嘴角，
我的日子写成诗，从这里起稿。
忙碌了多少清晨，毋禅初难，
坚持了群群大雁飞过，毋忧拂意。
闯出了重重黑暗关口，毋喜快心，
走过了小半人生路，毋持久安。
多少喜忧安危，毋介于心，
勤恒诚朴，是诗中找寻的平凡之路。

太阳东升西落，
时间不会越来越多。

脚步飞扬不会累,
有甜而苦的滋味,
拥有美好的现在,笑声清脆。
恍惚间愈发稳重,浮光中波澜不惊,
踏上不知通往何处的路,
善良做路牌,坦诚做透明的路边树。
未知时,勇往直前的酣畅淋漓,
路在走,汗在流,
有去无回的远行。
纵然似梦,也有你做明灯。

时光如刀不再温柔,
可是我依然,
愿化作雨水,
随春泥追忆,
顺着风,融进这土地的血液。
淌去时是山水,
翻过来是花蕊,
我摘走了平凡之花,
也骄傲着驻足那里的芳华,
驻足我心灵的家。

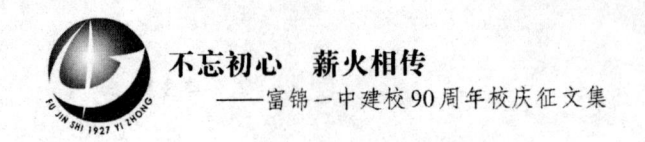

# 黄金时代

### 2015级(1)班 于 喆

你一生的黄金时代

我虽只有三年过往

但

拾三次落叶,于萧瑟凉风

点缀于书间

留作记忆的书签

观三次白雪,于书案窗棂

融化于笔尖

滋润凛冽的诗篇

沐三次细雨,于依依柳枝

倾诉于雨中

埋入脚下的新泥

听三次蝉鸣,于沸腾热浪

回荡于耳廓

感悟生命的须臾

枫叶,三绿三枯

白雪,三落三融

细雨,三起三息

蝉鸣,三奏三绝

你一生的黄金时代
我虽只有三年过往
但
勤恒诚朴
你一生的信仰
刻着一丝不苟的坚守铭记心间
春风化雨
你一生的追求
执着一尘不染的本心挥洒杏坛
山高水长
我一生的足迹
携着一往不悔的鸿志丈量远方
任重道远
我一生的使命
守着一定不移的寂寞追逐曙光

你有你一生的黄金时代
我有我三年的无憾过往
是我的青春
是你的辉煌

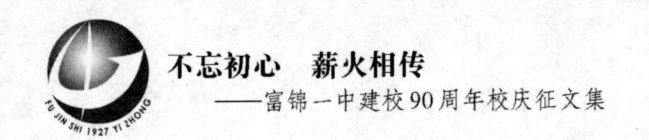

## 我 不 知 道

**2015 级(14)班　原诗博**

我不知道，
从无到有，你鼓过几度勇气。
我不知道，
内忧外困，你获过几多喘息。
我不知道，
一路跋涉，你淌过几重风雨。
我亦不知道，
从今往后，你尚有几层藩篱。
只是，
您教会了我，
今天，有何意义。
青春有限，进一寸，有一寸的欢喜。

# 思　念

## ——献给我的母校富锦一中

### 2015 级(5)班　王文鑫

思念是一条回家的路，

长路漫漫，

风尘仆仆。

如火的青春曾在这里燃烧，

五彩的梦想曾在这里憧憬。

思念是一条回家的路，

心儿急促，

脚步急促。

我的行囊里装满松花江的涛声，

我的思念磨成了乌尔古力山的明珠。

思念是一条回家的路，

人也满足，

心也满足。

升空的礼花装点着校园的绚丽，

此时此刻我幸福得想哭。

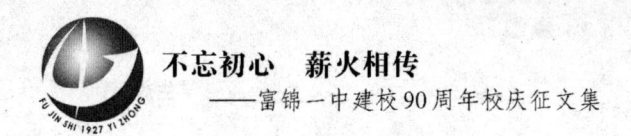

富锦一中，
我的母校，
衷心地祝福你，
花开千树，
花满千树。

指导教师：刘 岩

# 致富锦一中诞辰九十周年

2015级(8)班　苍盛欣

您诞生于黎明的前夜
您与人民军队同龄
您坚定地走过青葱岁月
您茁壮于朝阳似火的年代
梦中一骑红尘
把我带到曾经学习的地方
原来那是您当初建校的地方
这让我感到无比欢喜
冥冥之中注定了我与您的今世情缘
如今在这玫瑰花开处云杉树影旁
赏析您的芳华魅影
让我感到了您的厚重您的诚恳
有幸经历您九十周年庆
内心升腾着喜悦
在这长长久久的时刻
正印证了我们的校歌
与山高与水长
愿您
百花之中香幽长
万树前头春常在

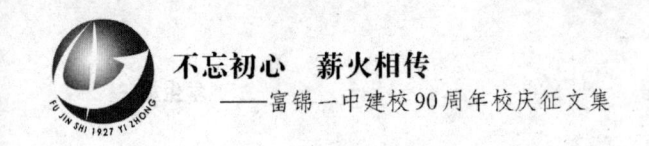

# 致 一 中

**2015级(3)班　丁涂熙麦**

你历经沧桑

却在风雨中不倒

饱经磨难

转而又生出光芒

你是黑暗中的炬火

平凡中的希望

自强不息

是你的谆谆教诲

勤恒诚朴

是你留下的无尽宝藏

高耸挺拔的云杉树

是你庄严的承诺

香气四溢的玫瑰花

是你品质的绽放

鲜花掌声

母校辉煌

少年幻想变成青年哲思

豆蔻情怀包容远大理想
他说此地种桃李
我言该处育龙凤

九十年相守相望
九十年砥砺前行
从弱小到强壮
从平凡到辉煌
让我们与您一起张开怀抱
迎接下一个朝阳

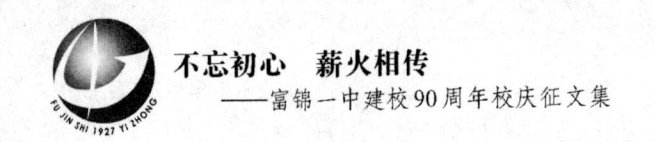

# 往昔光荣　明天辉煌

### 2016级(2)班　李昕尧

　　你是绵绵的细雨,滋养我渴望知识的心灵;你是和煦的春风,抚慰我拼搏路上的伤痛;你擦亮星星之火,点燃我青春的激情;你如同绚烂的彩虹,指引我奔向梦想的远方。你,是我的母校!你给了我"勤恒诚朴"的精神信仰,作为一个一中人,我为你自豪!

　　忆往昔峥嵘岁月,我们的老校长,抗日烈士张进思先生,来到富锦一中,转战地下工作。进思校长向学生输入进步思想,宣扬革命精神,他用不畏牺牲的精神和一颗报效祖国的赤子之心,为一代青年开辟了报国道路。他用自己的青春与热血,启迪了每一代人,将不为艰险、献身报国的革命精神融入一中的灵魂,"勤恒诚朴"是每一个一中人必不可少的品质基础。凝聚着顽强拼搏精神与革命进取思想的一中钟灵毓秀,培养了一批批优秀青年才俊,他们奔走在不同的社会岗位,却谨记着进思校长的同一句教诲:献身报国!勤思、恒志、诚信、质朴,这些品质与革命付出精神是塑造优秀一中人才的核心,一字一句已深深融入每一个一中人的血肉之中,不可分割。先辈们披荆斩棘,勇往直前,缔造了一中的辉煌荣耀。

　　经过90年来岁月的打磨,"一中精神"如正直挺拔的云杉树一般从未改变。沧海桑田,然一中光荣永恒。90年来的荣誉与希冀由我们这一代人来继承,"一中精神"一脉相承,自强不息,振兴一中是当今我们每一个一中人的责任。"一中精神"承载着先辈们的谆谆教诲,随着时代的变革,逐渐成熟。一中是知识的源泉,我们不断从这里汲取养份,充实自己,把自己塑造得更加优秀。任重道远,我们要刻苦努力,不断奋斗,续写一中的灿烂历史。春风化雨,我们要在这片热血的土地上播撒希望的种子。一中,是我们梦想的起点,终有一天,我们要扬帆远航,追逐属于我们自己的那片天空,"悟",是母校给我们青春最深刻的答复。历经90年来的风雨兼程,这片智慧的沃土上,闪耀着它的荣耀、辉煌。这片土地,用我们的汗水来浇灌,每一颗稚嫩的心在不断激荡中更加勇敢。只有这样,足够优秀坚强的我们,才能担负起振兴一中的大任。

我相信,在我们每一个一中人的不懈努力下,一中的未来将更加辉煌,桃李芬芳,再创佳绩!

"前途永无疆,同山高兮共水长!"

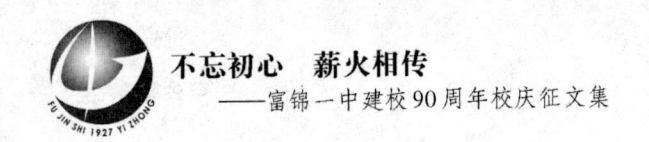

# 爱我一中

**2016 级(16)班  高俪源**

我校巍然兮劈榛荒,春风化雨兮集一堂,勤恒诚朴校品芳,努力不息图自强。九十年里看世间朵朵繁花,风雨兼程,一中为我们护航,我们一路成长。

在一中的怀抱里,在母亲般的庇护下,我们体会着岁月静好,体会着每一瞬的幸福,体会着微风不燥,我们正当青春年少。

从"中华民国"十六年的富锦县立中学到中华人民共和国的富锦市第一中学,从1927年的两层校舍小楼到2000年的两栋教学楼,从教育人才断层严重到拥有丰富的优秀师资,从上个世纪20年代到现如今21世纪初,富锦一中已有九十年的建校史。九十年里的风风雨雨,构建了一中一幅幅辉煌璀璨的画卷。

一中的历史是悠久的。从民国时期到21世纪,一中差不多有百年的存在,能在历史层层的重创和挫折的摧残下,仍然屹立不倒,而且散发光彩,这是一个被时间所洗礼过的奇迹!百年学府培养了一代又一代淑质英才,教育出了一届又一届的栋梁之材,锻炼了一批又一批的尽职尽责,桃李争妍的优秀教育工作者。一中为我们提供了一个能够施展才华的舞台,为我们漫漫人生路上洒下了照亮前方的星辉。

在历史的文化沉积下,一中用她一次又一次创下的不朽的辉煌,鼓舞着一中人不断前进,不断奋发,不断地提高办学水平,发扬优良的教学传统,在教育的道路上扬起风帆,星辰大海沿着微光一路前行。

一中的面貌是充满活力的。纵是历史悠久,但这个像母亲般陪伴在我们身边的一中,仍保持着青春活力。九十岁对一个人来说已然是高龄,但对于一中来说,九十岁正当青春年华。一中充满着朝气,充满着勃勃的生机。她斗志昂扬,她拥有奋起拼搏的热情,这热情燃烧着激情的岁月,她对未来充满信心,这烈火般的信念气吞山河万夫不当。

建设和谐文明的校园文化,打造优秀的教学品牌的一中,她吸取,保留和改造了前人在历史中所创造的文化,将这文化积淀作为自己散发活力和蓬勃发展的基础,在这个基础上,一中用她特有的年轻人的活力,坚持创新,与时俱进,不断地实现理论和实践的创新与发展,时刻做好充分的思想准备,克服前进道路上的种种困难。以史为鉴,继往开来。

一中的精神是永恒的。革命烈士、抗日英雄张进思张校长,他提出来的校训"勤恒诚朴",代代一中人铭记在心,它是在"九一八事变"后东北人民奋起抗日时期提出的,它代表着一中人热爱祖国,自强不息的精神。这种精神一中人矢志不渝地坚守着,代代传承下去,继承和弘扬一中的文化精神,在岁月中见证不朽在时光里浓墨重彩。

春风化雨建设校园文化,使学生秉承"壮志,厚德,勤学,实探"的学风,使教师树立"高尚,博实,民主,艺术"的教风,使校领导坚守"务实,公道,和谐,高效"的作风,校园精神,生生不息,代代传承。

一中的风景是极具内涵的。从校门进来就看见一排排整齐的云杉树,像英勇的卫兵守卫着校园,它象征着一中自强不息,志向高远,正直稳健,人才兴旺,至善至美,它代表着一中生命不息,常绿不止。每年6月校园里的刺玫摇曳着她妙曼的身姿,刺玫不仅具有很高的观赏价值,而且生命力顽强,并且有着"玫瑰花开迎高考芳香圣地"的美好寓意。

校园里十几年的老教学楼冬去春来,风霜雨雪十年如一地矗立在我们的心间;校园里星光点点时,从远处看月光倾洒,楼里灯火通明,飘过琅琅书声;校园里的英才路伴随一个又一个的英才走向梦想,校园里的雕像,让我一次又一次的感动,缅怀先烈奋发图强;在校园里的操场上,我们挥洒青春的汗水。在百年学府的熏陶下,在书香的氤氲中,我们感悟成

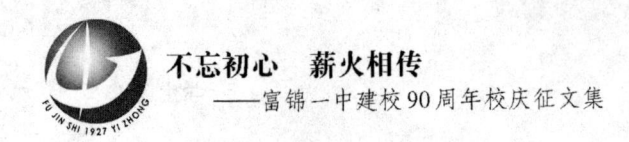

长,感悟细水长流岁月如歌。

富锦一中历史悠久,她充满活力,她极具内涵。她培养了数以万计的一中人,她建设了无数的校园文化,她创造了数次的辉煌。许我一世繁华,祝你桃李芬芳,一中是我们一中人的骄傲,无论何时她都是我们的母亲,我们的家,无论何地我们都永远不会忘记她。

爱我一中,大爱无疆!

# 富锦一中九十华诞献文

## 2016级(13)班 吴 璇

"富锦一中者,造就人才之所也。"

——题记

时光黯淡了历史,岁月老去了英雄。所有刀光剑影、鼓角争鸣早已离我们而去,而那大浪淘沙般的磅礴依旧与日月同辉。翻开那泛黄的扉页,你会发现,我们的一生中,风华依旧。

自1927年富锦立县,一中初立,到2017年以来,我们伟大的母校——富锦一中,迎来了她九十周年华诞。

原副校长高春生曾说:"三江下游,特别是富锦附近一些县份,凡早年读过中学的人,大多以富锦一中为母校,所以她不愧为这一地区的文化摇篮,同时又为革命战争输送大批坚强战士,也为社会主义事业培养成千上万的优秀建设者。"诚然,一中是佳木斯地区文化摇篮,更是革命摇篮。一中的学子们始终禀承着"勤恒诚朴"的校训精神,时时刻刻为自己的学业,为一中的光荣,为祖国的明天而努力奋斗,顽强拼搏。抗战时期,莘莘学子不惧艰难、不畏牺牲,勇敢冲在前线。为祖国安危保驾护航,做出巨大贡献。他们抛头颅、洒热血,带着对一中的热爱、对祖国的敬仰,投身于抗战事业,保家卫国。随着时代变迁,学子们坚持勤学恒志,诚实朴素的校训精神,对待学业一丝不苟,勤恳严肃,专心致志。为自己的理想和一中的光荣而奋斗。当人问及他们的来历,他们会骄傲地回答:"富锦

## 不忘初心　薪火相传
### ——富锦一中建校90周年校庆征文集

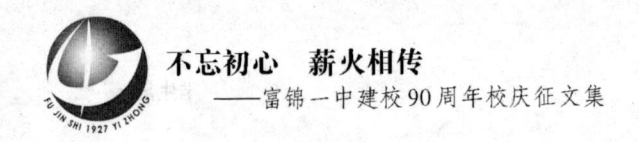

一中！"

　　学子们的背后,是无私的一中教师。他们桃李满天下,大多学子无愧师门,因为一中教师兢兢业业,循循善诱,以身作则。善讽喻、富幽默,让学子们在轻松愉悦中汲取知识,懂得人生道理。他们真正地做到了"师者,所以传道授业解惑也"。他们可谓是春风化雨,润物无声,无形中形成榜样,教育学子。

　　自古有"春蚕到死丝方尽,蜡炬成灰泪始干"的恪尽职守,有"落红不是无情物,化作春泥更护花"的无私奉献,这些不都是一中教师的光辉写照吗?他们发扬园丁精神,培养了一代又一代祖国的花朵。他们用汗水和满腔热血悉心浇灌我们,只为我们茁壮成长,有所成就,做一个有为的人。他们心中所思所想无不是为了我们的学业,是他们,为学子撑起人生的蓝天,是他们,引领学子走向人生的巅峰!

　　忆一中建校之初,孙桂岩校长热心教育,为办学筹集经费,建立校舍,才使一中"正式开张"。当日军暴虐,侵略富锦之时,孙校长毅然辞职赋闲,拒绝与日军为伍。张进思校长则为了抗日,积极求学,丰富自身,投身于抗日救国事业,他为学子们做出表率,教导学子要不为艰险,不畏牺牲,他甚至献出了年轻的生命……正是他们在用行动教导我们找到人生价值,是他们,为一中增添了光彩,创造了辉煌!

　　时移世易,物换星移。转眼间,我们的母校已然走过了九十载春秋。漫步一中,我们品味青草芳香;翻阅历史,我们回忆起一中九十年的沧桑。九十年的兴衰荣辱,九十年的繁华辉煌,我们的一中始终坚持"壮志、崇德、博学、仁爱"的精神,为千万学子提供实现梦想的机会,为千万学子的未来添砖加瓦。我们的老师,始终如一地教导我们:"高考就是考人品。"教导我们正确培养心理素质,从容备考,内心做到波澜不惊。

　　您教导我们云杉般坚韧挺拔,对待挫折与失败自强不息,不畏艰辛。

　　您教导我们刺玫花般绽放光彩,发挥个人所长,勤学奋进,志存高远。

您教导我们热爱生活,专注学习,诚实守信,朴素为人。

是您,哺育莘莘学子茁壮成长;是您,用辛勤和汗水培养出参天大树;是您,为我们谱写人生的华章。

一中啊,我的母校!在您九十华诞之际,愿您屹立长白,奔腾三江,同山高兮,共水长!愿您经久不衰,繁荣昌盛,披荆斩棘,铸就辉煌!

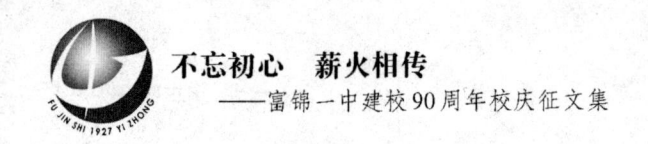

# 你好，一中

### 2016 级（7）班　赵梓平

有些东西不会因记忆的生长而变得彷徨，似那牧草的香，李白的狂，似彼时我初入一中的墙，也似此时我心中的跌宕。

话到嘴边，却不知如何去讲，从何而讲，也许这就是知与行之间的那扇窗。

犹记当日，初来乍到，在大门外时便有些畏缩不前，可能怕的是陌生的地方，陌生的人。但那时的怕在同一天便被校训，勤恒诚朴所替代，取而代之的是对未来的向往和渐渐崛起的昂扬。记得那天的月弯得像钩子。那钩子在夜色中混着刺玫花的芬芳，再一次勾起了心中的慌，慌的是平凡又平庸的我好像真的没办法让这座学校又一次在人间绽放，遥遥的，仿佛看到了老校长张进思先生演说时的慷慨激昂，他的声音是那样铿锵，渐渐地，又看到了校长眼中的光，这光不正是云杉树所象征着的自强不息，至善至美吗？

犹记当日，初次考试，成绩刚发布的那刻，有的兴高采烈，有的捶胸顿足，有人叹息，有人不解，有人哭泣，老师将我们的心都收入了她的眼中，也许她的皱纹加深了一条，好想将您的鱼尾纹抚平，也许她也在抹泪，好想为您递上一张纸巾，也许她在叹息，叹这所学校，叹这群学生，叹生命的价值，好想替您分忧，真的好想好想……

也许我们每一次都在失败，但请相信我们，每一次的失败都会使我们更强壮，强壮到可以支撑起我们的梦想，强壮到可以看到您眸中的赞赏。

当你用心靠近一个事物的时候，便会发现它隐藏着的美好。我们的一中,它虽然不大,但却应有尽有,且足够精致,说它精致,倒不如说是朴实。在它的墙体中,在每一棵老树的树干中,在门卫大爷扫路的扫把里,它真的无处不在,但当我们领会到它的辉煌,便会明白这朴实才显得荣耀的厚度,正应了那一句,大巧若拙。

未来,大概还很遥远,但并不渺茫,我依稀看得到这艘名为"一中"的巨轮驶向远方,看得到一中"长风破浪会有时,直挂云帆济沧海"。

或许,总是在失去以后,才懂得拥有。就像在校园里每个遗落诗句的角落。

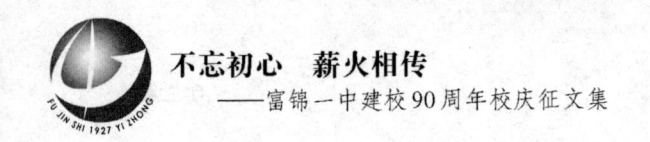

# 回望历史，开创未来

### 2016 级(1)班　王金浩

在松花江畔，坐落着一座有着"三江富锦富饶地，北国风光锦绣城"之誉的小城富锦市。作为它的标志性建筑之一，富锦市第一中学凭借着她优秀的办学质量及深厚的文化底蕴为人所知。她是一所有着悠久历史的名校，历经九十年风雨而名声不减，成为三江地区的革命文化摇篮和无数人的母校。回望九十年漫漫长路，我们更能感受到她的宏伟。

### 忆往昔，峥嵘岁月

富锦一中于1927年10月建校，当时仅有一个教室。从暂借小学教室的富锦县立初级中学发展为今天的富锦一中，她的面貌发生了翻天覆地的变化。往事不可遗忘，她的历史值得永远铭记在历届一中人的心里。

建校两年时，富锦一中有了标准校舍。正是在这个校舍内，富锦一中为革命事业培养了无数的坚强战士，同时涌现了以第四任校长张进思同志为代表的大量革命英雄。张校长提出了"勤恒诚朴"四字校训，谱写了一中校歌，为一中播撒了红色的种子。

新中国成立后，富锦一中获得了更好的发展。她于1960年迁入新址，又于1989年前往现址，此后两次扩大校园，四次扩建校舍，才有了今天她优美的环境与人文内含。

### 看今朝，风流人物

进入新世纪以来，随着富锦市的发展，人们在重视经济发展的同时，也愈加注重教育,富锦一中也涌现了许多优秀教师,他们不仅教书,更注重育人,在传授给学生知识的同时教导学生如何为人处世。作为有悠久革命历史的学校,学校也积极开展了一系列红色教育,不忘历史,时刻铭记校训,为打造良好校风做出不懈努力。

顽强拼搏的一中人永远也不会忘记"勤恒诚朴"之训,也永远不会忘记革命精神,不会忘记辉煌的高考成绩共同铸就了这所知名学校的风采。

### 望远景,似锦前程

富锦一中学子莘莘,人才济济。一代又一代一中人志存高远,拼搏向前,取得了一系列成就。今天的富锦一中是如此美好,她的未来必将再创辉煌。凭借着深厚的文化底蕴,优秀的教师团队,一中的腾飞"可计日而待也"。

回望九十年长路,看今天风华正茂,望远方前程似锦,定将踏上属于她的阳光大道,迎来人们期望看到的光荣!

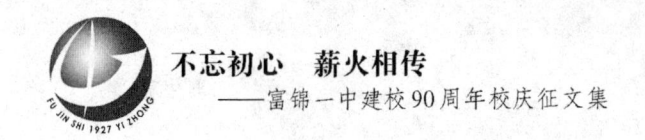

# 我亲爱的一中

### 2016 级(8)班  李 慧

走到一中门前,就能看到大门上金灿灿的六个大字"富锦第一中学"格外引人注目。走进校门,一条宽敞的大路直接映入眼帘,左边是一个小型的"植物园",白桦树、松树、柳树齐齐聚在这里,还有一小片艳丽的鸡冠花田。春天,这里生机勃勃,柳树、白桦抽出新叶,一片嫩绿,花田中也冒出新芽,偶尔会有麻雀在这里欢歌雀跃。夏天,鸡冠花热烈开放,炽热的阳光被茂密的枝叶切碎,落在地上,形成小块小块的光斑,很是惬意。秋天,柳树的叶子黄了,片片随秋风飘落,如同一个个身材苗条的少女伴风舞蹈,白桦树上片片黄叶和白色的枝干形成鲜明对比,真是美不胜收。冬天,只有松树依然挺立,如同一个个士兵守卫学校,偶尔穿上白雪做成的新衣,在寒风中傲立。

再往前走就是高二楼,从下面走过,就能听到楼内传出的琅琅读书声令人神往。路的右边是篮球场,宽阔的场地上矗立着许多篮球架,下课或休息时间,这里就是男同学的天堂,偶尔会有一场篮球比赛,赛场上站满了人,为正在"浴血奋战"的同学们欢呼喝彩,声音不绝于耳,真是好不热闹。篮球场旁边就是操场了,有一圈黑色的泥土跑道,有许多同学喜欢在课余时间跑步,跑道中间是一大片草地,上面是足球场,经常有人到这里比赛、娱乐,围观的同学也是不少,让人热血沸腾。

从足球场地走出,大路分出一条岔路,走进去就是高一楼,右边还林立着男生宿舍和女生宿舍。高一楼后面就是食堂,这里可是最热闹的地方,课间学生纷涌而去,里面的饭菜也是美味可口,晚饭时间最为喧闹,真的是座无虚席,欢乐的氛围让人胃口大增。从岔口出来,就能看到面前的高三楼,面临高考的学长学姐们在里面争分夺秒,学习的氛围不要太强烈,对面有许多体育器材,可以让同学们锻炼身体、放松心情。

  转眼间,在一中度过了一年多的时间,而一中也迎来了建校九十周年这个盛大的日子,在这座历史悠久的学校里成就了多少学子,让他们去追逐自己的梦想,也给了我们一个良好的学习环境,随着时间一年又一年流逝,我们也会慢慢长大,离开这座美丽的学校,但我们永远也不会忘记它对我们的影响,一直把它铭记在心。

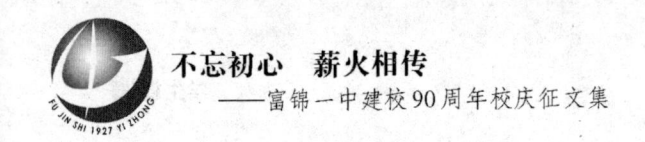

## 献给母校九十岁的生日

**2016 级(6)班　涂景松**

　　体育节传来澎湃的呐喊助威声,英语节的舞台上欢声笑语,载歌载舞,读书节的阳光飘荡于人类进步的阶梯,那丰富多彩的活动牵起每一个人的情思,动人的朗诵抒发出对生活的赞美,嘹亮的歌喉唱出对青春的热爱,绚丽的舞蹈描绘出对人生的憧憬。

　　一中——那是我们知识之花最初萌芽的地方,九十年过去,你将永远留在我们的心中,永远永远铭记。

　　九十年前,您没有丰厚的资本,没有辉煌的背景,可您却从未怨过命运的不公,从未哀叹土地的贫瘠。九十年后的今天,经历了多少春华秋实,面对那傲人的成就,您依然只是谦虚地告诉自己:"我要做的还有很多。"那是因为您明白这份殊荣来之不易,岁月的磨难却使您脸上有了一种高贵而又令人尊敬的光芒。

　　九十年的风风雨雨都已过去了,路途中,多少坎坷被您一笑而过,多少走向光明与黑暗的岔路口,您做出了坚定的选择,一切阻碍您的绊脚石,都被您那聪慧的大脑和勤劳的双手移开,一切困难都烟消云散,天高云淡。默默奉献的您,终于以辉煌的成绩誉满大地。

　　九十年的光阴啊,白驹过隙。岁月的无情带不走您的青春激情,您美丽依然,因为您的心总是与莘莘学子紧紧联系在一起,总是不断地迸发出年轻的活力。

　　九十年的岁月啊,却又悠长得如同一本书,在这本书中镌刻了太多人的名字,太多动人的故事。您见证了这些名字背后太多的欢笑与泪水。

您微笑着,不知疲倦地将一批又一批的莘莘学子摆渡到了彼岸。

九十年的时间,您拥有一批德才兼备的老师,他们爱岗敬业,孜孜不倦,对教学精益求精,在日复一日的平凡而伟大的时光里,他们默默无闻,殚精竭虑,"春蚕到死丝方尽,蜡炬成灰泪始干",他们无怨无悔,他们拥有一颗金子般的心,粉笔染白了乌发,教案熬红了双眼,他们最美的愿望就是桃李芬芳。"青出于蓝而胜于蓝",同样您亦拥有一群毫不逊色的子弟,他们勤劳勇敢,自强不息,团结友爱,热爱集体,而这一切都源于您那无微不至的哺育。

看到课下师生彼此为伴,笑颜尽展;听到老师对学生无微不至嘘寒问暖;嗅到学生在教师节献上的束束康乃馨。不经意间,胸中滚动翻腾的热气涌出眼眶,化作剔透水滴。这种师生间真挚的感情,温暖着每一颗跳动的心。

九十年,母校,您给了我们心灵的启迪与荡涤、思想的陶冶与内在气质的培养,远离了都市的喧嚣嘈杂、尘世的尔虞我诈、社会的复杂多变,有的只是自然与心灵的安宁与和谐,这便是您,一片和谐净土,我们在您的怀抱中幸福地成长,幸福地学习,幸福地释放青春活力,幸福地收获一点一滴,您给了我们丰富而精彩的校园生活,一次次的锻炼使我们鼓足了面对未来的勇气,残阳伴随流动的雾霭,那是您的诗意;音乐温婉回荡心弦,这是您的生机。

九十年的风雨兼程;九十年的耕耘不辍;九十年坚定无悔;九十年桃李满园。各地的同学在您的怀抱中相遇,并非是前世的五百次回眸,而是因为大家想追求科学真理和人类文明,恰恰您就是一个圆梦的地方,是求知问学之地。您启迪心窗,熏染卓越,陶冶性灵,是供我们尽情采撷知识的地方,今天,我们以一中为荣;明天,一中以我们为骄傲。

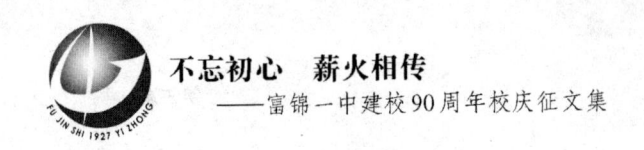

# 庆一中建校九十周年

### 2016 级(9)班　王彬睿

九十岁,您依旧美丽。九十年的春夏秋冬,翘首凝望,您已经饱经沧桑,乘风破浪抑或是轻曳扁舟,大步流星抑或是不疾不徐,九十年的路途已让您华丽朴实,光彩照人。你像一位慈祥的母亲,用您那温暖的怀抱将我们拥入怀中;您像一轮火红的太阳,用您的光芒将莘莘学子心房点亮;您虽然九十岁了,但您仍旧美丽!

九十年的斗转星移,蓦然回首,您已走过风风雨雨,九十年的时间,或许不够一个民族真正的强大起来,但却可以让一个民族的教育强大起来。九十年,您记录下老师们的谆谆教诲,勤劳奉献的教学风范,见证了桃李们孕育成长和完成梦想的美好人生历程,一笔笔勾勒出学校的发展与进步的美好诗篇。九十年来您培育出了各行各业无数的人才,我们在您九十岁生日到来时说一声:谢谢您,一中!是您让我们知道了什么是博大!

一中在战乱中迁移生存,在复课中自强不息。在极其困难时期,锻炼意志。抗日战争时期,张进思校长提出"勤、恒、诚、朴"的校训,这四个字校训深深印在代代英才心中,让众多学子为一中自豪!新中国成立初期,为促进教育事业迅速发展,学校加强对学生行为和学习的管理,壮大了教师队伍。富锦一中为革命和建设事业培育了大量人才。这里不仅培育了一批批优秀的学生,也培养了一批批优秀的教师,这些都是学校不断成长的印记。一中的成长见证了整个大中华教育事业的蓬勃之势。如今,您已经九十岁了,您承载着优良的传统,开拓着焕新的明天,以超强的生命力和创造力继续成长。

渊博的知识是年轻梦想永远不变的追求,古语说:学海无涯苦作舟。这是至理名言,还有另外出自《劝学》中的一句:"假舟楫者,非能水也,而绝江河,善假于物也。"在学习的过程中,我们难免会感到劳苦,但不断充实自己是让我们感到快乐的。在母校的包容呵护与关怀下,我们在知识的殿堂中寻找着未来的方向。我们会遇到挫折,坎坷,但我们并不害怕,因为老师在用他们的知识照亮着前方黑暗的道路。我的母校,一定会如您所愿,更多的建设我们国家的人才将会涌现!您看,我们的同学们,正在不断向远方前进,边充实自己边奔跑着,这样的景象更预示着一中的辉煌!

九十载桃李芬芳,薪火传承。博大的胸襟是您对自己的承诺,您无悔的执着谱写出了一页页的光辉,您用瘦弱的肩膀为祖国的教育事业贡献着,您自强不息的精神激励着一代又一代学生前进,而我们则想用我们的心声来表达我们对您最真挚的爱意。

今天,我们以您为荣;明天,您以我们为骄傲!我真心地祝愿您能够像大鹏一样最终跃上广阔的天空肆意遨游!前进中的一中定能不负众望,愿您能像一颗璀璨的夜明珠般永远耀眼夺目!

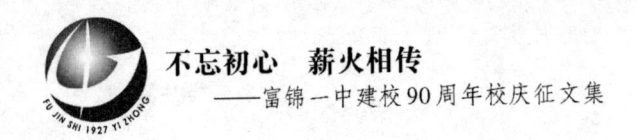

# 怀　　校

## 2016级(5)班　贺希望

九十载春秋承载着九十年的梦
一座小城,一方世界
这一不起眼的偏隅之地
却孕育了万千华夏之基
以勤入微
入恒之境
以诚育人
育朴之风
近百年的风雨摧不毁你的不老容颜
荣誉与辉煌伴随着近百年的骄傲
那是一种怎样的心情
此时此刻,希望之火即将漫野燎原
不再犹豫的你,含苞待放
十年的沉睡,只待厚积薄发
以不鸣则已,一鸣惊人的态度,你将用新的行动证明这一切
卧龙已入海,凤雏将展翅
雄鹰振翅,翱翔于九霄之外,你若海冬青
猛虎咆哮,奔驰于万野森罗,你似东北虎
蓝鲸畅游,逐浪于无际大洋,你如深海鲸
十年磨一剑,将从此崛起
你复兴的见证,从今而公诸于世
一中！锦城的骄傲,锦人的自豪！

# 九十年的辉煌

## 2016级(8)班 王 恬

九十年的传承,您已走过风风雨雨。九十年的辉煌,您已见证了时序的更替。九十年的时间,说长不长,说短不短,对于历史的长河,九十年不过弹指一瞬。但对于一所学校来说,九十年又要经历多少磨炼,走过了多少辉煌。九十年,迎来了多少桃李度过无怨无悔的时光,培育了多少学子走向人生的辉煌。

九十年前的你,只有一片土地和一颗充满热血的心。但您并没有放弃,历经千辛万苦终成一片浓密的"绿荫",庇护莘莘学子度过光阴年华。九十年前白手起家,九十年前的风吹雨打,浇不灭的却是一中的成长,教不灭的是一中的希望。多少一中人因为一中而满脸骄傲和自豪。我们自豪因为现在的勤恒诚朴。我们自豪是因为教师的博识高尚,我们自豪,因为学生的勤学壮志,我们自豪,因为我们是富锦一中人。

如今,富锦一中已经建校九十周年了,您带着优良的传统和未来的希望走来整整九十年,这九十年,我们把勤恒诚朴这四个字作为校训并始终铭记于心,这不仅仅存在于一个人一生中的三年,这四个大字会深深烙印在您所培养出来的代代英才的心上,成为一中人永远不能忘怀的记忆。

在今后的日子里,我们会走遍世界,分散各地,但无论多少年后,我们都会为一中所取得的荣誉感到骄傲,我们怀揣着同样的兴奋回归母校,为母校送上最美的花束,送上最响的掌声,再次感受母校的辉煌。我们的喜悦无法描述,因为这是一中,这是我们最爱的一中。

1927年,一中拔地而起,铸造了多少不朽的事迹与传奇,我校的校

树,象征着我校学子莘莘,人才济济。它也告诉我们要志向高远自强不息,这也是所有一中人共同的品格。九十年的时间让富锦一中桃李满天下。

这是一片沃土,是一片神奇的土地,在这片土地上,充满知识充满书香,在校园里我们路过棵棵绿树,呼吸着新鲜空气,茁壮成长。在这里孕育英才,磨砺品行。坐在教室里,我们望着黑板,阳光打进教室,满目朝阳。这就是我们深爱的一中,今年,他九十岁了,让我们共同祝愿富锦一中九十岁快乐。

# 美 丽 一 中

### 2016 级(15)班　王研博

你从远方走来,朝阳是你的色彩;你从远方走来,自信是你的姿态,经过抗战的艰辛,听过炮声隆隆,跋过千山万水,看遍春夏秋冬,虽有千难万险,但仍屹立不倒,你那宽阔的胸怀,包容我们的过失,你用挺拔的身躯,给予我们希望,从建校,到现在,春暖花开,你的风采依然。

第一中学,位于黑龙江省富锦市,1927 年建校,到现在已历经 90 春秋,黑龙江省的重点高中,校内共有三个教学楼:勤思楼、恒志楼、诚朴楼。占地38 000平方米,三所教学楼的名字与我们的校训相照应。张进思校长是一中的第四任校长,是校训的谱写者和校歌的谱写人,他根据自己的经历谱写的校训校歌流传至今。一中有着迷人的四季——万物复苏的春季、花繁叶茂的夏季、落叶飘零的秋季、白雪皑皑的冬季。每个季节都呈现出不一样的姿态,每个姿态都是那样的动人。

初春的清晨,漫步在校园里的草坪上,周围是那么的安静,在朦胧的薄雾中隐约可见高耸的教学楼和正在晨练着的人们,整个校园在黎明中是那么的温馨而美丽。

仲夏的午后,金色的阳光照进玻璃窗,使午间的教室更加明亮,透蓝的天空悬着火球似的太阳,阳光调皮地透过密密的树叶,地上印满着铜钱大小的光斑,无一不透露出夏的韵味。

深秋的校园,到处都是凋零的树叶,枯黄的野草,给人一种荒凉的感觉。阵阵秋风吹过,不禁起了一丝凉意,而柏油路两旁的大树却依然挺拔,这成为学校的一种印象美。绿色,是生命的颜色,它象征着朝气,当其

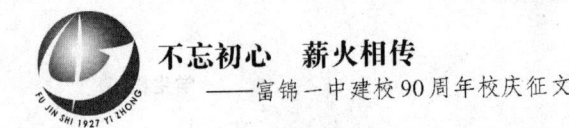

他树木都已凋落时,松树仍然用绿色迎接我们。这,就是一中的风采吧!

一中因为它朴实的态度,严谨的校风而闻名。而校训,则是一个学校的核心体现。勤、恒、诚、朴,体现了一中的内涵、一中的风范,也是中华民族的传统文化体现。

勤,指勤劳、勤奋,自古成大事者,都会具备这样的品格,因为只有勤奋,才能更好更快的发展,积累更多的经验,一中自成立以来,一直坚守着勤劳,教师团队的勤劳,学生的勤奋刻苦,使这样的精神完整地体现出来。

恒,恒在古代指永恒,也就是要有恒心,要始终坚守自己的本心,持之以恒,光有勤奋还不够,还要有恒心,有毅力,脚踏实地。一中正是靠着这样的恒心,才能不断发展、不断地完善,才能一直向好的方向建设下去。

诚,这是学生、教师应该遵守的一项道德标准,教师在教学方面要诚实,学生在求学方面要诚恳,实事求是。只有保持这样诚实谦逊的态度,才可以在发展教育的道路上越走越远。正是这条校训,使我们一中更加有内涵、有气质。

朴,从抗战时期的艰苦条件到现在社会的丰衣足食,时代在改变,物质生活在逐渐变好,但我们始终铭记"朴实"的原则,在学习、工作、生活上,我们并不要多光鲜,朴实无华,也是一种大美。

我们的学校不仅在精神方面使我们得到充实,教师的精彩讲解,主人们的悉心呵护,使我们在精神层面不断发展,学校还举办了各种活动,如:演讲比赛、诗词诵读、书法大赛、运动会、篮球赛等。使我们的文化活动得到培养,使我们具有更高雅的情操、更远大的抱负、更宽广的志向。

你的校训我们铭记在心、你的校风我们将不断发扬、你的校歌我们将不断传唱,愿您百年之后仍屹立不倒,云卷云舒。

# 勤恒诚朴　桃李天下

### 2016级(14)班　王嘉美

九十年的时光,沉淀了你含蓄沉稳的风范,九十年的磨炼,造就了你桃李满园的辉煌,勤恒诚朴,是你对我们的谆谆教诲,也是你最为闪耀的珍宝。

九十年里,你见证了时光的变迁,目睹了历史的演变,你见过抗日战争的残酷,感受过新中国成立的欣喜,忍受过"文化大革命"中的压迫紧张,欢庆过改革开放的光明前途,正是这些历史的沉淀和打磨,使你更具风采,意味深长。

"勤恒诚朴"陪伴和督促了众多学子走过人生中最值得回忆和怀念的学生时代。勤思、恒志、诚朴,传递出你对我们从心底所发出的殷切期望和语重心长。清晨,你有清脆欢快的琅琅读书声;课间,你有操场上朝气蓬勃的欢声笑语;课上,你有一张张虔诚求学的面孔和老师兢兢业业地传授新知;夜晚,你有莘莘学子挑灯苦学的身影。你就像老式留声机,悄悄地把这些不经意的小美好留在时光里,送走了一批又一批精英桃李。校史馆仿佛是一个时光穿梭机,历年的荣誉和骄傲,像珍宝一样悉数陈列,供我们去摩挲,去品味。

富锦一中已经走过了九十年的风雨历程,从老式黑板讲台到新型黑板电子设施,像一本历史书一样书写着那些回味无穷的岁月故事,而在未来,我相信它将继续书写着辉煌的故事,在以后的以后里,有更多的人去了解它所度过的峥嵘岁月,继续走在发展得更快、更好的花路上。

走过九十年的风雨,你依旧是那个高大伟岸的身姿,你像一位慈祥的

老人，安静地抚摩着历史的碎片，温柔地讲述着一个又一个柔软了岁月的温情故事。九十载岁月，带着你的荣耀和光芒辛勤地培育了代代精英，披荆斩棘，春风化雨，愿你在未来的道路中继续闪耀着历史的光辉！

过去，我仰慕你的宏伟高大，现在，我有幸亲身感受你的光辉，未来，我将骄傲你给予我的温柔岁月。勤恒诚朴，桃李天下，岁月峥嵘，风雨同舟！

# 砥砺风雨九十年

### 2016 级(9)班　王楚涵

富锦市第一中学,一个在我青春留下重要印记的名字,我在这里生活三年,尽管你只是我人生中的一段风景,但我相信在我毕业以后,成为茫茫人海中渺小的一分子时,我会因为你送给我的经历而不会感到渺小。

曾经,你只是一个牙牙学语的孩童,在1927年出生的你,自带着光芒临世,你是省重点中学,省示范性高中,多年以来,你一直拼搏努力以优秀的教育质量和辉煌的高考成绩,享誉三江大地。在九十年的风雨磨砺中三迁校址,六易其名,你从曾经的暂借的一间小教室,变成现在的知识海洋,滔滔三江见证了你,见证了你的成长。原副校长高春生同志曾著文称:"三江下游,特别是富锦附近的一些县份,凡早年读过中学的人,大多以富锦一中为母校,所以她不愧为这一地区的文化摇篮,同时又为革命战争输送大批坚强战士,也为社会主义事业培养成千上万的优秀建设者。"可以说,你是佳木斯东部地区的文化摇篮,更是革命摇篮。其中有代表性的就是第四任校长——革命烈士张进思(张甲洲)同志。他在三江地区的抗日斗争中,为抗日救国百折不挠,英勇牺牲。

现在,你成长为一个精英,在践行科学发展观的今天,在富锦市加强文化建设、快速发展教育的大背景下,你茁壮成长,作为一所有着丰厚文化底蕴的省重点中学、省示范性高中,你把提升教师和学生素质,为学生们创建一个更加良好的学习环境作为目标。相较于铆足了劲头攻学习,你更注重学生们的思想教育,在严格的校规校训下,让孩子们得到更好的精神教育。"壮志 厚德 勤学 实探"的学风让学生们在生活中学习中每时

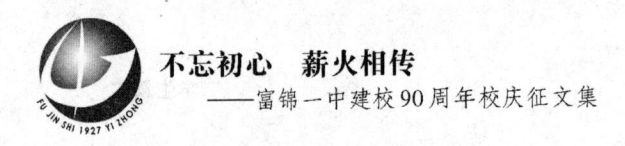

每刻都可以感受到一中教育的影响。

未来,我相信你会成为一个身披光芒的王者,因为你努力上进,不怕艰难,在这么多年走过的风风雨雨中,你学会了坚强,你培养了一代又一代优秀的人才,这必然会使你的未来更加辉煌。希望在你的将来,你会本着赤子之心,为国家培养更多优秀的人,你要相信只要稳步向前,就一定会走向你的巅峰。在将来,你会出现在更高荣誉的高级中学之列,会有更多人听闻你,听闻你的优秀,听闻你的光辉。相信这一切都会在不远的将来实现。

"峥嵘长白山苍苍,浩瀚三江水泱泱,我校巍然兮,劈榛荒,春风化雨兮,集一堂,勤恒诚朴校品芳,努力不惜图自强,前途永无疆,同山高兮,共水长。"多么豪迈的气势,多么简短的话语,张进思同志为你而作的歌,颂你在东北还是片荒凉土地时,不畏艰险巍然矗立,三江见证了你,这山这水皆是你成长的见证人。"勤恒诚朴"是你的校训,勤劳、持之以恒、诚实、质朴是你,也是你培养出来的人才们的人生训言,简单的四个字,你用生命的笔墨泼洒,用难言的辛劳守护。这样难得的精神,怎么能不与山高,同水一般长?

若要提及你的精神,勤恒诚朴必然是少不了的,但还有更重要的——红色精神。校园里,墙壁、橱窗、走廊、楼道等处围绕红色信仰教育的思想主题布置了相关的条幅标语、图片墙报等,在校训、校风、学风等催人上进的警世言词中渗透红色的励志之语,校园的一草一木都闪烁红色之影,师生的一言一行都折射红色之魂,校园时时处处都充满红色精神。校园将成为鲜活的教育读本,成为学习的乐园、创造的学园、文化的圣园、精神的家园。学校日常进行的各种常规活动,如国旗下的讲话、间操、劳动、班会、团活等,都折射出信仰教育,使原有的常规活动负载更多的文化内涵,更加重视对学生品质的培养,意志的锻炼,使之迸发出新的活力。

为了给学生们一个更加良好的学习氛围,建立了富锦一中快乐学习系列制度,并在实施中不断完善。《学困生表扬制度》《红色之星评选制度》《上课自由发言制度》《日常学习"记优制"》《作业评改激励制度》《学生一日表现记优制度》《学生家庭报喜制度》等制度寓激励性评价于日常学习过程之中,引导不同层次的学生用自我表现作为参照标准,进行纵向评价,结合教师、其他同学等的外部评价,发现自己的优势和弱势,这可以让学生们充分地认识到学习的快乐和轻松。你甚至都为学生们制定好学习路线,高一学年以"养成教育"为主,纳入学年养成教育管理流程,迈好成长第一步;高二学年以"学习习惯"为主,纳入学年教学常规检查管理流程,迈好学习第一步;高三学年以"信念教育"为主,纳入学年"红星榜—综合素质评价"表扬积分流程,迈好人生成功第一步。让学生们稳步前进,一边感受高中生活愉悦的学习氛围,一边步入快节奏的学习课程中来。

你是正、直、强、稳、展、绿、美的云杉,也是尊重,健康,和谐,美丽的刺玫,是九十年的风雨和磨难铸就了你。

一中,九十周年,你我共同见证。

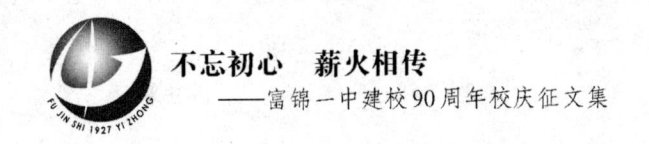

# 喜迎校庆,不忘初心

## 2016 级(2)班　乔逸凡

晚饭后,我如平常一样漫步在校园,天上纷纷扬扬飘着雪,空气清冽又寒冷。不经意间来到体育馆楼前,从这里无心地走过那么多次,今天有一样东西却吸引了我的目光,仔细一看,原来是张进思校长的塑像。一直以来只是把他当作体育馆的背景,在今天这个特殊的日子——富锦一中九十华诞,注视着张校长那凝重忧患的脸庞,穿透风雨的如炬目光,心中忽于寒冷中涌上一股暖流,于满天飞雪中我的思绪仿佛飘飞到了那个风雨如磐的动荡年代。

在1927年那个战火纷飞的年代,想要与水火中拯救中华民族的志士仁人大多集中在中原地区投身革命事业;在祖国的边陲,在白山黑水之间的三江平原上却连一所像样的中学都没有,历史选择了孙诖岩先生。孙先生远见卓识在无比艰苦的条件下一手创办了县立初级中学,这正是今天富锦一中的前身。

1934年学识渊博、热情饱满的共产党员张进思接过了县立中学校长的接力棒,他匠心独具,积极招收贫苦学生,在传授先进科学文化知识的同时,对学生们进行革命思想教育,用进步思想熏陶学生,为学校谱写了校歌与"勤恒诚朴"的校训,把这所中学苦心经营为三江大地上的文化摇篮、革命摇篮,为边远小城富锦的文化底蕴增添了历史厚度,也在这里播撒下了革命的红色火种。

从1927年到2017年富锦一中走过了九十个春秋,近一个世纪的艰难路程,血雨腥风,见证了军阀混战的结束,见证了入侵者的投降,也见证了民族的独立、自强、繁荣与昌盛,是无数热血儿女的灵魂铸就,是先辈前赴后继的奉献谱写。从最初的一间教室到如今的近万平米的教学楼,从最初的几名教师和学生发展到如今在校近二百名教师和近两千名学生,为社会培养了无数的精英,用自强不息的精神激励着一代代师生们前进,"勤恒诚朴"的校训也在一代又一代师生们之间传承。

忽然想起的铃声将我的思绪带回了现实,我怀着无比的敬意向张校长的雕像深鞠一躬,心潮澎湃地向教学楼走去,楼顶"勤恒诚朴"四个红色大字在雪中格外醒目,脑海中又回响起那熟悉的旋律:

"前途永无疆,同山高兮共水长!"

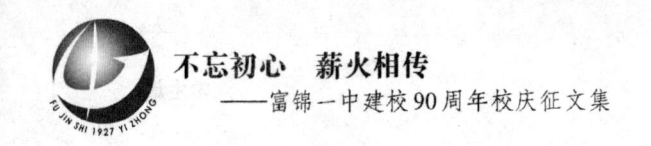

# 永 恒 的 爱

### 2016 级(4)班　段昊良

更喜欢您历经了沧桑的容颜,一中,寻梦?撑一支长篙,向青草更青处漫溯,满载一船星辉,在星辉斑斓里放歌。

——《梦想高飞》

我因寻梦而与您相遇,我因求知而深睡在您的摇篮,今天是您的生日,我想大声告诉您,作为您的孩子,"我,爱您"。

"竹杖芒鞋轻胜马,谁怕,一蓑烟雨任平生。"一路走来,您经历过风雨,在教书育人的路上虽有泥泞与荆棘,但您从无顾虑,又因为您相信自己所付出的一切,在某天会以另一种方式回赠您。您以平淡的心态对待您的每一位孩子,传授给他们您拥有的学识。您的理想与热情,是我们在学海中航行的灵魂的舵和帆。也真的只有您,才能用那理想之光,为我们这些莘莘学子点燃引路的灯。

时光飞逝,转眼就是九十年,您让青春不朽,便点燃了理想之火,我们无法改变您的过去,但可以参与您的未来,未来无法预测,但我们可以用追逐梦想的脚步铭刻现在。

我在春天种下梦想,您说秋天回还给我希望。

春如勤思,我种下了求知的种子,书声琅琅,笑语欢声,恰如那鸟儿动听的歌唱;古诗宋词,奥数公式,好似那丰富养料,使种子茁壮成长,在那如甘霖般的谆谆教诲下,种子得到了滋养,梦想渐渐发芽,心中的根也在此扎下。

夏如恒志，那是一段努力的时光，虽艰辛充满泪水，但您让我学会了坚强，让我学会了用微笑去面对，您说以后的路还很长，别怕太久，别说太远，有梦的人从不会嫌上天让成功来得太晚。

秋如诚朴，三季如三年，秋收如三年，终于到了收获的时候，要离开了，但我的心却深深地扎根在这里，我不愿离去，您鼓励我去追逐人生更高的层次，但在人生的路上，不要被花草所吸引，保持一颗朴实的心就好。

当一切已成为往事，往事已变成回忆时，蓦然回首，却发现逝去的岁月依然成歌！是啊！真的像您教授的那样，只要始终坚持，永不放弃，终有一天，梦想会演奏出一段动人的旋律。

你年轻时很美丽，不过跟那时相比，我更爱现在的您。

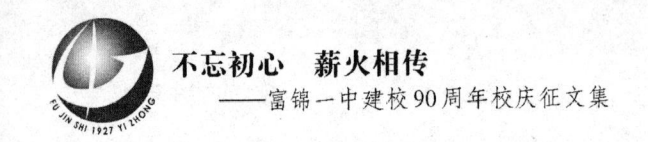

# 记富锦一中

### 2016 级(3)班　马嘉浓

你是我们心中的一座灯塔,一座照亮我们求知道路的灯塔;你是一座坚固的桥梁,一座沟通我们同学感情的桥梁;你是知识的殿堂,是万千学子展露才华的地方,那就是你——美丽的富锦一中。

## 回首过去

一中,是一所具有光荣传统和深厚底蕴的学校。它建立于1927年,从最初借来的一间平房到现在的座座楼房,它经历了无数的风雨,但仍然坚守着勤恒诚朴的校训。回首过去,它有着许多源远流长的历史,但其中最重要的,就是我们曾经的校长张进思。

他是一名革命烈士,1934年,他晋升为一中的校长,当时的富锦地处边防要塞,日伪控制十分严密。张进思校长作为地下工作者隐蔽在一中,但他并没有因为致力于战争而忽略了学校的管理,反而努力提高学生们的素养,制定了勤恒诚朴的校训,他还"文武双全",为了一中写下了"我校巍然兮劈榛荒,春风化雨兮集一堂"的句子,最终流传成现在的校歌。在他的带领下一中一步步走向辉煌。至今,张进思校长的雕像还屹立在一中的校园里,也象征着他的信念永远都不会倒!

## 立足现在

现在的一中,伫立着三座整齐的教学楼,成荫的树木营造出了昂扬向上的环境。在一中的校园里,伫立着一座丰碑,上面刻着:知识就是力量。

这也激发了我们对知识的兴趣。在这里,有着不言辛苦的老师,他们用行动证明了"春蚕到死丝方尽,蜡炬成灰泪始干"这句诗的含义,在秉承着高尚、博学、民主、艺术的教学作风下,他们教育出了无数献身于国家的栋梁之材;这里还有努力拼搏的莘莘学子,他们也遵守着壮志、厚德、勤学、实探的作风,用他们的奋斗为一中创造着辉煌。在这里我们增加了知识,拥有了友谊,也学会了成长!

## 展望未来

转眼间一中建校已经九十年了,饱经风雨洗礼的它依然顽强地伫立在这片平坦富饶的北方土地上,有着丰富历史的它,迎接着一批又一批面带稚气的脸孔,送走了一批又一批国家的栋梁之材。学校的兴衰和我们每个人都息息相关,学校有序发展对我们的意义也很重大。千斤重担压在肩上,我们"不管风吹浪打,胜似闲庭信步"。因为我们有优秀的教师队伍,有科学的管理,有完备的教学设施,还有无数的学子渴望在这片土地上放飞理想的热望。我相信,在学校领导和老师们的辛勤耕耘下,在学生们顽强的拼搏下,未来的一中一定会更加壮大,更加辉煌。

一中,我为你歌唱,为你的朝气蓬勃,为你的智慧与勇气歌唱。一中,我为你欢呼,为你的脚踏实地欢呼,为你的勇敢和创新欢呼。一中,我为你鼓掌,为你的求实公道,为你的和谐高效鼓掌。你看,你的儿女都因为在您的怀抱里便笑得那么开心,那么甜,你永远在我的心中,有着不可磨灭的映像!

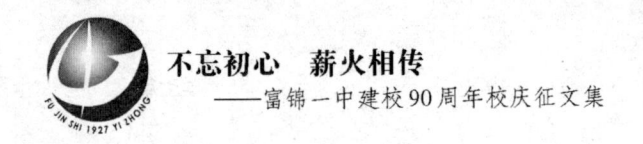

# 一中赞礼

**2016 级(11)班　李斯文**

一片纯洁的沃土上，孕育着莘莘学子对明天的期望，我们渴望未来变成矫健的雄鹰，翱翔于这苍穹之上。是你，让我们在人生中有了好的开始，是你激起了我对知识的渴望，是你助我成才，助我飞翔。

我犹如一只羽翼未丰的雏鸟，依偎在柔柔的树荫下，眺望碧水蓝天，那是我心飞翔的天堂，我梦想着，在广袤的一片汪洋上，层层涟漪激荡起如玉的裙摆，彩云深处海鸥肆意地飞翔，亲爱的学校，我永远的天堂。

师生情感，如日月。亲爱的学校，您有一批德才兼备的老师，在日复一日的时光里，他们默默无闻，竭尽全力。"春蚕到死丝方尽，"他们无怨无悔，粉笔染白了乌发，教案熬红了双眼，他们最美的梦就是让满园的桃李芬芳。同样，您亦有一群毫不逊色的子弟，他们团结友爱，勤劳勇敢，自强不息，这一切都源于您那无微不至的哺育。看到师生下课相伴交谈，笑颜尽展；听到老师对学生无微不至的嘘寒问暖，嗅到学生们在教师节献上的阵阵花香，胸中不免热气翻涌，化作水滴，溢出眼眶。

环境迷心醉人，翠松四季常青，坚毅的品行如烟弥漫于风中，吹进了每个走入校园的学生的心中。眺望一片绿色的小草，那么小不点儿绿油油地向我们招摇，在明媚的阳光下舞出青春的韵律。喜鹊在林间穿梭，这和谐的学习环境营造出一片欣欣向荣的气氛，您让我们远离了城市的嘈杂，给予我们思想的陶冶和内在气质的培养，在这怡人的环境中信步慢读，这难道不是种享受？

"书山有路勤为径，学海无涯苦作舟。"亲爱的学校，是您让我们找到了学习的窍门，更让我们在学习中找到快乐，我们若像一条小船，那您就像一张帆，让我们顺着风找到更广阔的天地。

只有跃上新的心灵阶梯，才能抵达高尚，宽容，至真至善的境界，而您就是我灵魂的领航者，是您教会了我们在逆境中起步，在逆境中熔融，在等待中沉淀，在成熟时破茧成蝶。是您告诉我们"一个人若没有经历无数的挫折与磨难深陷蜜水与褴褛之中，就无法拥有沉稳的性格"。是您"教会我们成功少有偶然性，智慧女神的光芒更胜过幸运女神"。亲爱的学校，谢谢您。

对您的情，始于初始的教诲，终于灵魂的感染，若是把这些情像一幅卷轴一样卷起来放在灵魂的角落，让它沉潜，让它褪色，在岁月的足迹走过后打开来，看看自己在卷轴空白处的落款，以及还鲜明如昔的刻印，那时便知，我对您，我的学校，这份爱已深入骨髓，刻在了我的心里。

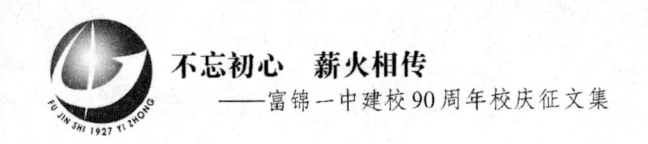

# 赞颂我的一中

### 2016级(11)班　魏喜悦

这里是一个充满书香气息的地方,这里也是一个满含欢声笑语的地方,这里有着一双双好奇的眼睛,一张张朝气蓬勃的面孔,一颗颗雀跃的心。这里的学子们脸上写满了羞涩和好奇,好奇着今天的你和明天的我。

这里有我熟悉的大楼,有熟悉的雕塑和球场,还有我熟悉的空气,混着些许青草的香气,还有楼前蜜蜂、蝴蝶飞舞着的花圃和知了长鸣、长满枝叶的树丛。

这个坐落在黑龙江省北部的一个小角落里的高中,却被称为重点高中,而这个有着辉煌的过去和美好将来的中学叫作富锦一中。

夕阳下,教学楼的影子被拉得老长,蜜蜂还在花蕊间环绕。微风拂过,迎面扑来的是丁香花的阵阵香气。那郎朗的读书声,清脆的铃声,同学们玩闹时的嬉笑声,笔尖落到纸上的沙沙声,都是这个学校最优美的乐章。我们在这里洒下了汗水和泪水,收获了知识和感动。

在这里,我们听着才高八斗的老师给我们讲授的知识。他们披肝沥胆,让一代又一代的人实现自己的理想。他们开拓着我们的视野,拓宽我们的道路,让我们在这里更加畅快淋漓地汲取知识的养分。他们为我们默默地付出着,而他们期待的不过是一张张学生们心仪学校的录取通知书和我们成功过后洋溢着幸福的笑脸。他们的学生,也就是一中的学子们,他们奋发向上、积极进取、团结互助,他们也是一中的骄傲。

富锦一中,一个充满爱的高中,我曾躺在这里的草地上,望着天空中的云卷云舒,也曾与同窗一起在球场上看着少年们挥汗如雨,卖力为自己的班级争得一份荣誉,还曾在体育课上与闺蜜看着满校园的落叶,听着楼内此起彼伏的读书声越发出神。

记忆停留在陈旧的教学楼,在温暖的食堂,在偌大的足球场,在校园的每一个角落。这里留下了多少莘莘学子的回忆?又留下了他们多少脚印?那陈旧的教学楼,到底培育了多少优秀的人才?那温暖的食堂,又留下了多少忙于学习而不回家吃饭的学生?那偌大的足球场,又有多少人曾在那里尽情地奔跑?

我很幸运,我能成为富锦一中的一员。我热爱这个学校,因为学校里的一草一木,一人一物都值得我留恋和牵挂!

为了上一所好的大学,我们有多少夜晚在挑灯夜战?为了成功,我们又有多少次在近乎放弃的时候重新燃起希望?

现在的我已经没有深思熟虑的时间,甚至来不及把心口焐热的句子推敲,斟酌长短。因为我们还有自己的理想,只有实现它,才不会辜负我们身处的这所中学对我们抱有的殷切希望。

当有一天我们不得不离开这里的时候,我想我会流泪,但我更会擦干眼泪,在求学,求知的道路上带着对这里的思念和在这里的回忆,一路前行。愿多年之后的我们,仍会回到这里谈论当年勇敢逐梦的自己。当然更不能忘记的是对这里的爱。

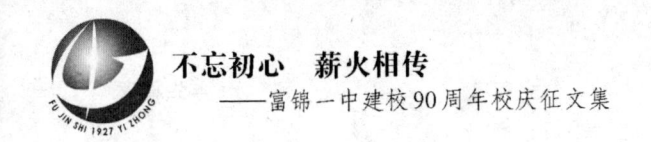

# 九十岁的您

### 2016 级(12)班　王美慧

当刺玫花吐露芬芳

当云杉树再次挺拔

月出日落 世事变迁

经历一路风雨兼程的跋涉

翻开一段继往开来的历史

你是一位勇敢的母亲

为莘莘学子遮风挡雨

九十年的光阴没有蚀去你的容颜

反而造就你的风雅沉淀你的智慧

九十年的岁月算不上怆悲历史

九十岁的你笑得依旧璀璨耀眼

世人仰望你的辉煌却没人知道你的坎坷

是什么样的气节练就铿锵不屈

是什么样的心境保持质朴赤诚

是什么样的力量使之人才辈出

是一中啊！

是我们的母亲啊！

勤恒诚朴的教诲铭记心中

励精图治的精神永垂不朽

您如同潺潺的清溪

用柔情和细腻感化稚嫩的心
您如同不朽的丰碑
在历史的画卷中充当最优雅的一笔
您如同永不熄灭的星火
给予追梦的孩子温暖和希望
知识是您特殊的代名词
教育是您具有的神圣职责
在您九十岁生日到来之际
请允许我大声歌颂您
请允许我用并不华丽的语言来表达我小小的心意
愿:与山同高兮水长流
桃李天下

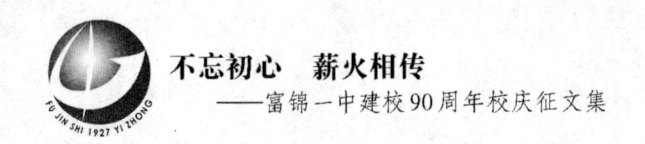

# 母　亲

### 2016 级(1)班　殷玮璇

她在我眼中放大
一中，
未曾有乍见时的惊艳，
好似我本就该属于这里，
朴素温馨，
这并非我一人的错觉，
她就像不善言辞的母亲，
总是沉默的，
低着头抿着嘴，
但目光炽热，
双手紧紧握着我，
瘦削的背抵在前方，
垒起了城墙
护得他的孩子们眼中的光芒，
历经 90 个寒来暑往，
抵挡 90 载雨雪风霜，
路过硝烟弥漫的战场，
收获桃李芬芳。
同天下所有母亲一样，
她也会注视着孩子含着笑，

也会因孩子的出色而骄傲地勾起嘴角,
或是因他们的叛逆而烦躁苦恼,
我曾无数次在夜里听见你的祷告,
愿我们这些雏鸟飞得更高,
连地平线都忘掉,
尽管你早知晓思念会像波涛,
拍打着长礁。
将你环绕,无处可逃,
这或许就是母亲吧,
我明了,你去不了远方,
终有一日你会在我眼中渐渐缩小,
直至看不清你的模样。
在某个清晨,
当我端上最后一盏茶汤,
我会将它倒入胸腔用我的血液翻涌,
时隔多年仍是滚烫。
母亲啊!
别难过,
你分明知道我最受不得的便是你红肿红肿的眼眶,
母亲啊,别担心,
我早已将与你的记忆都剪下珍藏。
装进我的行囊,放进我的心房,
你的孩子永远不会流浪,
因为我一直在你身旁,陪你到地老天荒。

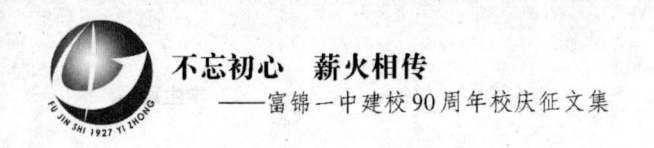

# 陪我穿过花季的你

### 2016 级(14)班　李美琦

峥嵘长白山苍苍，
浩瀚三江水泱泱，
我校巍然兮,劈榛荒,
春风化雨兮,集一堂。
我轻轻地，
踏入了您的怀抱，
温暖、慈祥、静谧，
像是母亲的怀抱。
青春在荡漾，
甬道两旁的云杉树随风摇曳，
好似向我们问好，
一点一点地勾画着青春的遐想，
那阳光下的绿，
不是草,是一群生命的搏击，
播种在土地上，
孕育着希望般的梦。
红旗迎风飞舞，
那是学校前行的动力。
苍松翠柏常青，
展现了学校的勃勃生机

他们风动如舞,
把学校打扮得格外亮丽。
校门口上方的烫金大字,
"勤、恒、诚、朴"
是学校发展的主旋律,
那光彩夺目、熠熠生辉的为师之道,
"高尚、博识、民主、艺术"。
漫步于校园中,
让我们呼吸到,
古色古香的传统艺术。
"少年强则国强",
是学校对师生发出的寄语;
而铭记于心的"勤、恒、诚、朴"
寓意深远,令人回味。
九十年到来了,
劳动者们看着他们丰硕的成果,
不管你从中得到什么,
这就是他们人生的轨迹,
这些就是他们一生所绽放的刺玫花,
一朵朵,
飘香世界,
如今,
胜利的他们仍虚怀若谷,
藏起伟大的事业,
正向另一种高度进击。
因为你知道,"十年树木,百年树人",
时间证明,

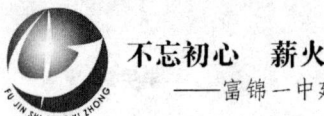

春天树木，
更依赖于那肥沃的土地
你的光彩，
你的辉煌，
你的芬芳桃李。
亲爱的同学们啊！
请让我们牢记，
"让我们在这里起航，
让一中因我们而骄傲"，
这是他对我们殷切的希望和鼓励，
需要用他们辛勤的汗水和心血来浇灌，
让我们真心地为学校祝福吧！
愿他前途无疆，
同山高兮，共水长。
我们是黑土地上的雄鹰，
终将展翅飞翔于祖国广阔的天际。

# 颂书香一中

## 2016 级(15)班 郑雨欣

我的校园,书香弥漫。漫步其间,忘返流连

蝶舞花圃,温馨相伴。一阵暖风,吹拂身边

校园是书,潮思联翩

这里是诗的海洋,是花的乐园

我们在这里耕耘,我们在这里收获

我们在这——富锦一中,使我感到快乐

清晨,温和的阳光把我们叫醒

我们来到学校,云端校歌响起

峥嵘长白山苍苍,浩瀚三江水泱泱

我校巍然兮劈榛荒,春风化雨兮集一堂

勤恒诚朴校品芳,努力不息图自强

前途永无疆,同山高兮共水长

透过明亮的窗户,一排排年轻的学生

伏在书桌上静静地学习,时间飞快督促我们求知

每个人都充实地过完一天

透过明亮的窗户,仍见有勤奋的学者

忘我地遨游在知识的海洋中

哦!一中,一片纯洁的沃土上孕育着我们每天的希望

壮志、厚德、勤学、实探深入我们心中

我们渴望未来变成矫健的雄鹰,遨游于苍穹之上

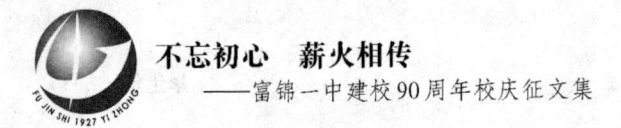

一中,是你让我在这人生中有了好的开始
是你,激起我对知识的渴望和做人的准则
是你,助我成材、助我飞翔
你教会了我送人玫瑰、手留余香
云杉树是我们的校树
我校整体稳定向上,升华发展,志向高远
让我知道有云杉树正壮胸怀
有校花刺玫瑰,让我懂得玫瑰花开迎高考芳香圣地
学习、健身两不误,一中,使我德智体美劳全面发展
热血青春当,好读书
严于律己,铸品质
朝气蓬勃,学识富
今天,我要将我最甜美的微笑赠予你
我最热爱的学校
我心中永远屹立不倒的丰碑,镌刻出我们似水的青春年华
在五星红旗下,一中艺术节节旗下
茁壮成长,远走高飞
响应国家号召,勤恒诚朴校品芳,努力不息图自强
在我心中闪过,让我冥思
一中愿你以后更加辉煌
以最美的姿态,谱写亮丽的篇章

# 颂 一 中

## 2016 级(13)班　史欣雨

一九二七年,
您诞生在这方乐土,
勤恒诚朴,
您永恒的教导,
和谐高效,
您不变的承诺,
壮志厚德,
我始终铭记,
勤学实探,
我时刻践行。

沉浸在您的书香中,
沐浴在您的光辉下,
我从未畏惧远方,
我想像您一样流芳千古,
亘古长青。

一曲教书育人的赞歌,
为您谱写,
一束人类文明的花朵,

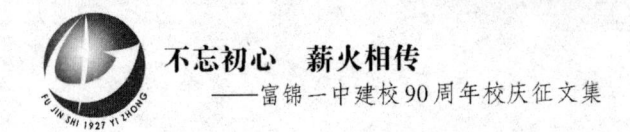

为您开遍,
伟大是您的名字。

九十年,
云杉正壮志苍天,
刺玫花开育人才。
风雨无法磨灭您的闪耀,
我无法倾诉对您的全部景仰,
我只愿您愈加辉煌,
我只愿您前途无疆,
我只愿您同山高共水长。

## 一中啊，我的一中

**2016 级(1)班　于　桐**

历史的长河滚滚而去
卷走多少尘沙,多少浮华
却难带走你的过往,你的辉煌
一中啊,我的一中
我仍记得那校长英烈
在九州大地
挥洒热血,为国献身

记忆的年轮缓缓转动
回放出多少苍茫,多少荒凉
但难掩盖你的成就,你的光芒
一中啊,我的一中
我还记得那教师模范
在三尺讲堂
传播知识,燃烧自己

从儿时起,我便久仰你的大名
向往你春日的风光,夏日的骄阳
醉心你秋日的芬芳,冬日的苍茫
你可知道

你是家乡人生活的动力,内心的向往

你可知道

长夜不眠,只为你的荣光

读书不倦,只愿与你执手看夕阳

你可知道

你的儿女早已功成名就

你也早已桃李满天下,英名远扬

一中啊,我的一中

你如此伟大,却仍然低调

你是家乡人的骄傲

引路的航标

一中啊,我的一中

我为你自豪

# 圆梦的地方

### 2016级(12)班　郝晨旭

清晨,朝阳升起,洒下了第一缕阳光,
驱散了黑夜,带来了光明与希望。
九十年前,
这三江平原上,
也冉冉升起一道耀眼夺目的光。

时光如花瓣一般凋落。
这光,也变了模样。
由革命的红霞演变成教育的光芒;
满腔的热血化为对知识的渴望。
路越走越长。
只奈何,细水绵长,清风微荡,
落叶拂过,枯骨暗殇,
物成旧事,人成过往,都已变了样。
只庆幸,还有勤恒诚朴仍住在温暖而又坚定的地方。
哪儿?我的心上。

就这样,我倘佯在这里,
贪婪地嗅着青春的朝气和历史的沉香。
沉浸中,我游入梦一般美丽的地方,

刺玫飘香,云杉作响。
躺在柔软的草地,享受微风的清爽。
骤然听到,书声琅琅。
一丝清明,
哦,这就是那缕光。

# 最美一中

## 2016级(11)班 郭传奇

步入一中

书香弥漫

一阵暖风

吹拂身边

蝶舞花圃

温馨相伴

我们喧闹而来

年轻的胸怀

我们尽情宣泄

火热的情怀

我们充满斗志

书写生命的华章

校园是书

让人沉没

校园是画

淋漓酣畅

校园是诗

意象深远

赞美你,一中

巍巍白桦

诉说你的风骨
勤恒诚朴
铸就你的灵魂
你是喷薄而出的红日
你是载满希望的航船
你是知识的殿堂
你有
春的生机
夏的火热
秋的成熟
冬的庄严
虽历风雨
仍昂首未来
步伐稳健
在一中学子的心中
你永是那最美的家园
前进的一中定能不负众望
犹如一颗明珠璀璨耀眼

# 90 岁,您依旧灿烂辉煌

### 2017 级(7)班　曲荣雁

您是坐落在富锦城中的一所学校,您的一切在我脑中烙下深深的痕迹,现如今,您已经 90 岁了,虽历尽沧桑,但您依旧美丽。90 载的桃李芬芳,薪火相承,您的辉煌见证了您的成长,而您勤朴的精神也激励了我们的成长,您桃李满天下。现在,我要用我的心声来表达对您最真挚的爱意,我想说:"我骄傲,我是一中的学生。"

您始于 1927 年,经历了 90 年的艰苦磨炼,您从无到有,从小到大。您的光荣传统和深厚的文化底蕴养育了莘莘学子。您把勤、恒、诚、朴作为校训,教会了我如何做人。伟大的共产党员张进思曾在这里担任过校长,他为您写下了振奋人心的歌曲:"……勤恒诚朴校品芳,努力不息图自强,前途永无疆,同山高兮,共水长。"每当这熟悉的旋律在耳畔荡漾,就会感到无比亲切与自豪。

回眸九十年,卓然不凡;弹指九十年,桃李芬芳;风雨九十年,悠悠情愫,九十年时光在历史的长河中,只是短暂一瞬,但是九十年的时间,会使您变得更辉煌。我们一路走过艰辛,走过坎坷,曾经在困难中追求突破,在璀璨中燃起斗志,回顾九十年风雨历程,我们感慨万千,90 年来您经历了风风雨雨,但同时,也创造了一个又一个辉煌!90 年的风雨洗礼,奋斗拼搏,铸就了追究卓越的一中精神;90 年的砥砺前行,努力成长,历练成如今辉煌的姿态;90 年的同舟共济,耕耘不辍,早已桃李芬芳,绽放生命的色彩。90 岁的您,承载着无数人的期望,开拓着焕新的明天,90 岁的

您,已桃李满门,拥有着辉煌的历史,那90年的匆匆岁月,那90年的春华秋实,将在这一刻,尽显无边的希望。

今天,我们因一中而自豪,明天,一中因我们而骄傲。90年的成长,使您更显美丽芬芳,在这校庆到来之际,让我们用最美好的祝福,祝愿我们的一中更加闪耀夺目,灿烂辉煌!

# 传承的梦

### 2017 级(14)班  丛麒骥

寒风吹落的雪,映出了前行的足迹。

九十年前的北大荒,是未被春天眷顾的地方。日寇铁蹄四方蹂躏,三省沦陷民不聊生。面对战火纷飞,多少仁人志士欲以知识救人民于水火,最初的第一中学,在这动荡的摇篮中,开辟榛荒,屹立在锦城。

烈士的鲜血为校旗抹上光辉的一角,峥嵘的岁月为一中披上荣耀的战衣!历经血与火的洗礼,一中非但没有衰亡,反而历久弥新。勤恒诚朴,自强不息,这传承的校训鼓励了多少莘莘学子,振奋了多少仁人志士!

这倒使我想起去赏一中的松。听人说,松,最能承载人的精神。松针翠澈,在雪的映衬下,尤显焕发;松枝坚韧,在雪的映衬下尤显峻拔;松根盘虬,即使隔雪,也似是能遥见那顽强的生命!有人曰:生机是青春的伴侣。但见那苍郁的松树,却有了种亲切感。那松,可不只代表人,更是精神的延续!

壮志凌云,一中人大有"乘长风破万里浪"的气势;博学多识,一中人具备"悬梁凿壁"的刻苦精神。第一中学久盛不衰,是因为这些自那艰苦岁月就流传下的高风亮节,时代的车轮可以带走人,但品质,永不磨灭!

何为富锦人?那是当年肯闯沼泽翻草地的铁血汉子!何为一中人?那是和当年不畏艰险的英雄们流着相同的血的豪放洒脱的勇者!在我们眼中,何谈失败?何谈放弃?我们传承着的理想,是先辈们拓土开疆的毅力,是烈士们保家卫国的奉献,是当代改革开放后春风化雨,聚一堂的人

才济济！中国有梦,东方雄狮从此永矗世界之巅;我们有梦,前途永无疆,化羽翼助华夏振臂翱翔天际,同山高,共水长!

猎猎风作响,旗帜永飘扬。传承的梦点亮了理想,一中,我们永远的,成功殿堂。

# 砥砺九十载,风采传家国

### 2017 级(11)班　郑春宇

　　九十载春华秋实,九十载栉风沐雨,九十载风雨兼程,九十载耕耘不辍,九十载坚定无悔,九十载斗转星移沧桑巨变,九十载薪火传承桃李芬芳。九十年的时光弹指一挥间,您创造了一个又一个的辉煌,培育了一代又一代的莘莘学子。

　　富锦一中者,造就人才之所也。诚然,富锦一中作为佳木斯东部地区的文化摇篮,她为祖国培育了一大批的优秀人才,数以万计的学子从这里走向四面八方,走遍五湖四海,他们在各个领域为国家的富强和民族的振兴贡献的智慧与力量。

　　富锦一中之师者,有春蚕吐丝之精神也。诚然,一中的每一位教师无一不秉承着教育方针,对每一位学子实施"仁"的教育,一中之师弘扬优良传统,坚持办学特色,深化教育改革,提高教学质量,深入实施素质教育,培养了一代又一代德智体美全面发展的优秀人才。他们为加快教育现代化进程努力办好人民满意的教育做出了巨大的贡献。

　　富锦一中之生者,祖国之栋梁也。一中的学子道德端品行正,在一中严谨且高尚的教学理念下,学生个个谨记"勤恒诚朴"的四字校训,这是他们在校的品质箴言,更是他们在人生道路上的指向标。作为富锦一中的学子,我们志存高远,有正确的理想信念,并为之不懈努力。一中学子怀揣着一份爱国之心,报国之心来为中华之崛起而读书。他们在一中兢兢业业勤勤恳恳,为的是报家报国,他们自尊、自信、自爱、自强,在集体中熠熠生辉。在校园这片净土,他们不只学会学习,还学会做人。三年的学

习使他们的心灵更加纯洁美好，他们用青春的激情激荡无悔的拼搏，用执着的追求浇筑不变的信念，他们为一中奏响了一曲曲动人的华章。

　　教育的价值不仅仅是传道、授业、解惑，还要教人求真，教人向善，更重要的是教育的更高价值在于许万世、许国家、许生民一个更加美好的未来，让大家不恋既往，不忧当下，不惑未来。

　　九十载风雨您历尽沧桑，迭创佳绩，面对一个个傲人的成绩，您依旧不忘初心，砥砺前行，让我们共同展望和憧憬一中更加美好的未来。

　　一路前行，一路收获，今天我们以一中为荣，明天一中以我们为傲。

　　——谨以此献给一中90周年校庆

# 风雨九十载,桃李满芬芳

**2017 级(8)班　刘钰轩**

2017 年,我作为一名高一新生来到这座校园,来到了我从小便梦寐以求的地方——富锦一中。

富锦一中的第四任校长,名为张甲洲后改为张进思,是一位不折不扣的"学霸",他在北京大学读过物理系,在清华大学读过政治系,后为开展党的地下工作,来到了富锦中学,为了让更多孩子上学,他煞费苦心,以他优秀的工作品质,赢得了无数老师和学生们的赞扬,并且创作了校歌,一直流传至今,每每唱起都心潮澎湃,富锦的人民为了感谢他为富锦一中做出的贡献,特将一条街命名为"进思大街"。

富锦一中,是多么令人赞叹的地方!多少人在富锦一中燃烧了青春,沸腾了理想,多少人曾在一中"峥嵘岁月稠"?又有多少人在一中努力过后"指点江山,激扬文字"?

"峥嵘长白山苍苍,浩瀚三江水泱泱",您坐落在黑龙江的东北部,身旁屹立着长白山,流淌着三江水,平铺着黑土地,您是富锦的最高学府,是富锦人的骄傲!

"我校巍然兮,劈榛荒",您在风雨中、岁月里,永怀初心,一直向前,您携着富锦人的希望走过了 90 个春秋,32 850 个日夜,未曾停歇!这一路,有多少心酸、多少汗水,您从未向别人提起,也从未想过放弃,坚持不懈,昂首挺胸,大步向前!

"春风化雨兮,集一堂",90 载桃李芬芳、薪火传承,90 年来,您的辉煌见证了您的成长!您培育了一代又一代莘莘学子,优秀榜样,您带领了

无数学子奔向了自己的理想，使之成为现实，您为国家贡献了一个又一个的栋梁，他们为您争光，为祖国争光！哈尔滨理工大学的庞宝君教授就是从富锦一中走出去的，参与了多项航天技术的研发与规划，时至今日他也未曾忘记自己是富锦一中的学生，每次校庆都会特地回来看望母校、拜访恩师，因为一中是他的家，有他日夜思念未曾忘却的家人。

多么美妙的语言，多么华丽的辞藻，在您面前都显得黯淡无光。

"勤恒诚朴校品芳，努力不息图自强"，勤、恒、诚、朴是您的训言，努力不息是您的教诲，您告诉一代代学子们要勤奋刻苦、持之以恒，您鼓励一代代学子们诚信友爱、忠厚朴实，您告诫一代代学子们不忘初心、奋勇向前。

"前途永无疆"，您指引广大学子们实现理想，使他们前途无量、发展无疆。

"同山高兮，共水长"，您已经90周岁，走过了一个个寒冬，一个个春夏，大雪掩埋了起点，亦望不见尽头，我们虽然只能陪您走完短短三载，但我相信我们会为一中的校史增光添彩，共同见证您更加辉煌的明天！

# 我和一中的不解之缘

## 2017级(4)班　李哲丞

沧海横流,斗转星移,富锦一中迎来了九十华诞。九十载的流金岁月,九十年的风雨兼程,如今您已经是春华秋实,桃李芬芳。

九十年悠悠岁月承载着无数拼搏进取的激情与汗水,九十年沧桑巨变,您为高等学府输送了一批又一批的莘莘学子,每一位富锦一中的学生都时刻铭记"勤恒诚朴"的校训,用顽强拼搏的精神改变着一中,使之茁壮成长。

我和富锦一中有一种不解之缘,我的父母都毕业于富锦一中。从小他们就教育我要努力学习,将来进入富锦一中这所我理想中的学府,中考后我如愿以偿地进入一中。报到的第一天我走进校园,站在张进思烈士的雕像面前,我心潮澎湃,张进思烈士的英雄事迹激励着我、鼓舞着我,漫步在校园中,我感受着拼搏的激情与书卷的淡雅交织在一起,我将在这里度过紧张、充实、快乐而又有意义的高中三年,我陶醉在这无时无刻不散发出青春活力、快乐无限的校园里。

九十年的积淀是一笔丰富的财富,九十年的奋斗是永远不变的历史。如今您将迎来九十岁生日,我衷心祝福您:生日快乐,桃李满天下!富锦一中,您将永远朝气蓬勃、锐意进取!

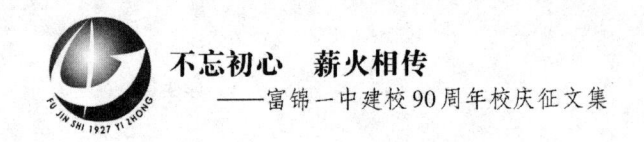

# 一中,心中的永恒品芳

### 2017级(15)班 高雨聪

恍恍惚惚,任笔尖飞扬,不觉写下永恒二字,待墨香散尽,细问此为何物,永恒,在我心中有一股浑厚的力量,这力量厚积薄发。

肤浅地来看,永恒的只有钻石,稍加思索,人们也许会说:"人的情感。"但是,当智慧火花透过大脑皮层直击灵魂深处,它突然透着一股馨香,永恒一词就这样诠释着独特品芳。

风儿轻轻吹来,吹开了学子心中的希望,芬芳飘过校园,这香味沁人心脾,芬芳飘过充满希望的绿茵球场,足球在半空中留下了一道优美的弧线;伴随着阵阵欢笑,芬芳飘过教学楼内,同学间的诚信有礼,团结友爱;芬芳飘过窗外,窗外的树景透着劲拔坚毅之美;这风儿将永恒地吹过,将如流水般亘古吹过。

"我校巍然兮劈榛荒,春风化雨兮集一堂。"富锦市第一中学作为锦城第一学府,于1927年建校,至今已走过几十个春秋,第四任校长张进思是伟大的抗联英雄,一中的高大形象在我心中从此确立,我们脚下的这片土地有着先辈们的足迹,他们的精神将成为一中永恒的校魂,勿忘历史,缅怀先烈,鲜血凝铸成的传奇,永不被遗忘! 我们将在他们的精神指引下,乘着一中九十华诞的东风,奋力前行,让拼搏成为人生,让希望和成功成为永恒。没有人一生一帆风顺,但我们是一中的学生。

# 一中历史一中魂

## 2017 级(13)班　王美琪

一中这个令无数学子动容的地方,有着悠久的历史,有着传奇的故事,更有着伟大的精神。

距一中建校至今已有九十载光阴了。回想起饱经岁月沧桑的一中,我们不禁感慨:在峥嵘的岁月里,一中饱经战火的洗礼,受尽"文革"的摧残,而如今的一中便也如那云杉一般挺立,云杉一般坚忍不拔。

如今的我在一中这学府当中,便要用心去品味着四字校训:勤、恒、诚、朴。

军训时,老师告诉过我们一句话"军训锻炼的是恒心",刚入秋,树叶都还是翠绿色的,操场的绿地上盘旋着小虫,密密麻麻的。天气是如此的燥热,老师对我们甚是体贴,让我们站在阴凉的地方,只有严格要求我们踏步时,才到太阳底下去,隐约地感受到了汗液的流动,这时才发现,掌心已全是汗水,大概老师也是这样吧。就这样坚持了一个星期,虽然没有讨到太好的成绩,但也心满意足了,毕竟我们是那么的努力,这"恒"也在这一星期表现得淋漓尽致,就算身体感到疲倦,但精神上却有着一种前所未有的愉悦感。

在午后的校园里,听得同学们朗朗的读书声伴随着风吹树叶的沙沙声,看着同学们认真倾听老师的谆谆教诲,埋头于书海之中时,心里不自觉地想到:这就是"勤"吧。是了,学习就是一个勤奋的历程,一个懒惰的人难成大事,不信您瞧着考试自见分晓,拿到自己的试卷,暗自悲哀自己的成绩时又偷偷地羡慕着那些成绩好的,但心里还是知道,考试前的自己

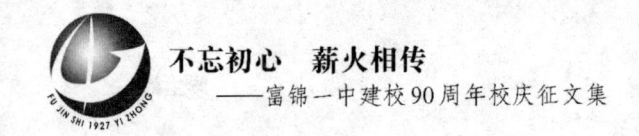

根本没有勤奋努力,又何来那些好的成果呢?

每天总是对自己夸下海口:我要从明天开始努力学习。但往往是三分钟热度,时间已过了两个多月,这样的话语更是不知说多少遍了,何不诚恳地对待自己,诚恳地对待自己的学习呢?现在的天气早已没了来时的那般燥热,而是刺骨的寒风,树叶早已被风吹得四处逃散,没了影子,但那些枝干还是挺立在风中,任寒风呼啸。我们又没有那些像树一样的苦恼,那为何不用闲暇时间多思考思考自己是否达到"诚"字了呢?既然诚字已立,就必须好好对待认真学习。

学习切不可有攀比之心,既然是学习,就要讲究质朴。这"朴"字是极为重要的,事物外表再美,若缺少了"朴"字,也不过是"金玉其外",用一颗质朴的心去学习,必然会带来意想不到的结果,像福楼拜、牛顿一般。

这四个字的校训意义我只参透这些罢了。

一中的历史与这校训时刻被我放在心上,闭上眼睛认真体会着其中的韵味,仿佛看见一朵朵刺玫在风中开放,看见一中的校旗在空中飞扬。

# 圆梦一中

## 2017级(13)班 赵 轩

"十年苦读,一朝决胜负,换来笑逐颜开;数载艰辛,六月定乾坤,赢得前程似锦。"我是一个普通的农村孩子,能够成为富锦重点高中的一名学生,是我父母的希望也是我的心愿,2017年终于圆了我的一中梦。

漫步在美丽校园幽雅的小路上,一阵阵芳香沁人心脾。那是一中的校花"刺玫",一朵朵花你挤我挤互相打闹挑逗着,尽情展示自己婀娜多姿的风采,让人神清气爽,心情格外舒畅,一眼望去,美景尽收眼底。

刺玫儿是美丽的,它的美丽应归功于谁呢?凡是生活中美丽的事物都是劳动创造的。是谁白天黑夜、积年累月用自己的汗水培育着花儿,像抚育自己儿女一样呵护着花儿,终于培育出这样赏心悦目的好花?是我们的老师!应该感谢那些为我们美化生活的人。

如此优秀和谐的团队是谁打造又是谁引领的呢?是校长,是校长的高瞻远瞩和英明领导。步入校门便可以看见一尊庄严的雕像,他就是一中第四位校长张进思,曾担任中共北平市委书记,中国工农红军十六军的军长的他,选择了到一中任教,在1937年8月26日壮烈牺牲,年仅31岁。他的高风亮节将激励着我们一代又一代努力再努力!雕像上写着"壮志未酬身先死,青史留名万古传"。我校气势磅礴的校歌,"峥嵘长白山苍苍,浩瀚三江水泱泱,我校巍然兮,劈榛荒,春风化雨兮,集一堂,勤恒诚朴校品芳,努力不息图自强 前途永无疆,同山高兮,共水长。"让所有人都荡气回肠!当唱起校歌时每一个一中学子都会感到热血沸腾。

沿着先辈的足迹,现任校长徐宝娟更是巾帼不让须眉,她推行主动性

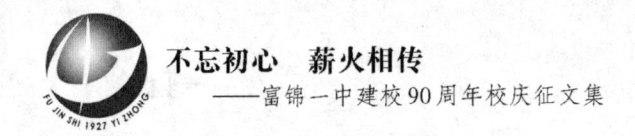

教育的德育模式,实施和谐探究的教学模式,实行公道、规范、民主、人文的管理模式。大刀阔斧雷厉风行,既有儿女情怀又不失英雄本色!富锦一中呈现一片欣欣向荣蒸蒸日上的大好景象。

在一中这片繁花似锦生生不息的沃土,培养我们的"园丁"深知任重道远,肩负着神圣的使命,"少年强则国强",为了民族的复兴,为了实现伟大中国梦,一中的"园丁们"站三尺讲台,想千秋大业。一中的老师们怀着热烈而深沉的爱,披星戴月风雨兼程,为了学生无怨无悔;呕心沥血无私奉献,志存高远廉洁高效。甘愿做蜡烛点燃一代心灵,效春蚕织出满园锦色……

仰视校训"勤、恒、诚、朴"几个熠熠生辉的大字,心潮澎湃,十年树木百年树人,良好的环境才能造就出色的人才。我们一中注重以人为本,熏陶感染,就是校徽也独具匠心,陶冶和启迪我们的心灵。校徽以校树——云杉树为原型设计,树干成1字形,代表富锦一中,象征办一流学校,创一流业绩,出一流人才。树冠有三层,象征着三才教育,同样也象征我校人才济济。树的整体稳定向上,象征升华、发展、志向高远。"岁寒然后知松柏之后凋也!"云杉树高洁的气节和傲霜斗雪自强不息的精神不正是一中师生的写照吗?

晨曦我怀着真诚感恩的心迎接美好的一天。在上学的路上越走越亮,渐渐地东方升起了一轮红日,迎着圆圆的太阳,我微笑着昂头走进了一中大门。这里的老师们为我们托起了火红的太阳,让我们去迎接灿烂的明天!圆梦一中,一中圆梦,自1927年开始九十年的不同凡响的历程证明了富锦一中是一所具有光荣传统和深厚底蕴的学校,优秀的教育质量和辉煌的高考成绩省内闻名享誉三江!一中既在圆学子梦,又在圆一中梦。一中又何尝不正是一轮徐徐升起的太阳呢?她大爱无疆光芒万丈,一定会"不忘初心",拥抱未来,担当新使命!

# 忆往昔,望今朝

## 2017级(15)班 马雨欣

富锦第一中学,从1927年建校至今,经历了九十年的峥嵘岁月。

九十年来,富锦一中经历了无数风霜雨雪,如此艰难,铸就了辉煌的一中。一中如挺拔的苍松,巍然屹立;如打磨的钻石,璀璨耀眼;一中已如初升的朝阳在一代代优秀校长的正确领导下,蓬勃向上。一中不知为祖国培育了多少栋梁。而"勤恒诚朴"四字校训,又不知被几代一中人奉为一生信条。

九十年来,一中作为富锦市第一学府,始终坚持"求实、公道、和谐、高效"的行政作风;力创"高尚、博识、民主、艺术"的教师教风;秉承"壮志、厚德、勤学、实探"的学生学风。

九十年来,一中校园环境不断完善,潜移默化地激励着一中学子。校园中所种的云杉木为一中校树,象征着自强不息、志向高远。校园中所种的刺玫花为一中校花,每至6月绽放,为即将高考的考生,献上自己的祝福。而它象征着的尊重、健康、和谐、至善至美,也是每一个一中学子的美好品质。

九十年来,一中教师或呕心沥血、鞠躬尽瘁;或春风化雨、循循善诱;或严谨求证,诲人不倦;终得如今桃李满天下。师恩厚重如此伟大,我们唯有以成绩来回报一中对我们的悉心教导。

九十年来,一中已成为一流的学校,拥有一流的业绩,产出一流的人才。像校徽所象征的那样学子莘莘,人才济济。如今一中傲人的成绩,是几代一中人努力的成果。

**不忘初心　薪火相传**
——富锦一中建校90周年校庆征文集

作为一中的新鲜血液,我们必将继承一中的优良学风,志存高远,"青出于蓝而胜于蓝",我们以成为一中的学子而骄傲。作为一中的学子,我们应奋发向上、追求卓越、努力进取。为一中更好的明天,献上自己的一分力量。作为正处于风华正茂年纪的学子,此时不搏更待何时!我们必将努力学习图自强,与一中携手并进,共成长!

# 九十年育人，春风化雨

### 2017级(12)班 王乂可

踏入校园，书香弥漫。
一阵暖风，吹拂身边。
校园是诗，校园是画。
校园是一条历史长河，
校园是香山红叶似火，
这里是诗的海洋，
这里是花的乐园。
我们在这里耕耘，
我们在这里收获。
金色的校园，我们喧闹而来。
年轻的胸怀，溢满无限期待。
素裹的世界，我们尽情宣泄。
火热的情怀，放射多彩生活，
绿色的校园，那些懵懂少年。
张扬生命的光鲜，
领略知识的无限。
炙热的校园，那些年轻容颜。
满载收获的知识，
期待新的学年。
是你，

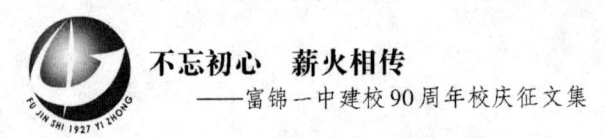

让我在人生中有了好的开始，
是你，
助我成才，助我飞翔。
你教会了我，
赠人以鲜花，手留余香。
你教会了我，
赠人以微笑，心留愉悦。
今天，
我要将最美的鲜花，
今天，
我要将最甜美的微笑，
赠予你，我最亲爱的学校。
在一中九十年华诞之际，
祝愿我校：
积历史之厚蕴，
更展宏图！再谱华章！

# 美丽的一中,我的家

### 2017 级(9)班　李佳芘

　　有一首小诗这样写道
赞美你,我的校园
你是喷薄而出的红日
你是载满希望的船
你是培育人才的摇篮

有一首歌这样唱道
开始的开始,我们都是孩子
最后的最后,渴望变成天使
歌谣的歌谣,藏着童话的影子
孩子的孩子,该要飞往哪去

那是一个美丽的夏天,我来到了一中的校园
从那天开始,我便知道,这美丽的一中,就是我的家

在这里,老师们用汗水点燃希望
夏日的酷暑挡不住老师们对教导学生的渴望
冬日的严寒挡不住老师们对人才的培养

在这里,孩子们用信念成就梦想

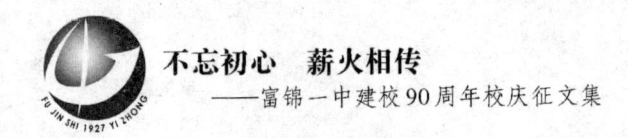

经受风霜雨雪,我们不曾畏惧艰苦
面对酸甜苦辣,我们不曾哭泣退缩


在这里,有绿草如茵的足球场
它总能让我们挥汗如雨,好似还在诉说着不要放弃
足球旋转着的是青春,踢出的是理想,在空中飞舞的是汗水
汗水落地成花,是情谊地久天长


在这里,有平坦宽阔的篮球场
活力四射的少年在球场上书写神话
他们把青春,热血和激情奋力挥洒


在这里,有丰富多彩的课外活动
就像一幅凡·高的油画
这一抹绿色,是军训时飒爽英姿的矫健步伐
这一抹黄色,是运动场跑道上将汗水的挥洒
这一抹红色,是篮球赛上锐意进取的激情迸发


高中的生活这么丰富,多亏了,美丽的一中,我的家


时光如古木参天,摇曳着无数叶片
看一张张日历,在春夏秋冬中飘散
学校迄今为止,已建立了九十年
九十载风雨路,步步不寻常
它迎来了多少日光月色,送走了多少黎明夜晚
不知不觉已无法分辨
昨日的辉煌已载入史册

今后的雄关漫道,期待着我们的热血衷肠
让我们
乘着诚信的春风,张开勤朴的翅膀
踏着求实的脚步,追求创新的阳光
用今朝的耕耘,再谱明日的华美乐章

啊,美丽的一中,我的家
将来的我们
无论是在海角还是天涯
无论我们赢得了多少掌声和鲜花
我们永远不会忘记
我们是一中的孩子
一中永远是我们的家

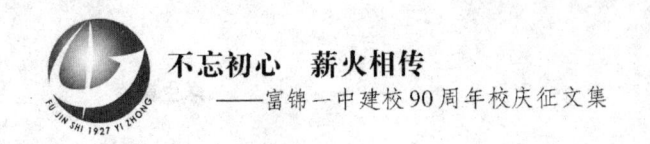

# 你的爱，我收到

### 2017 级(11)班　王雅楠

记得

你是我梦中的常客

也是我梦中的主角

只因你独特的气质把我吸引住了

于是乎，我奋力朝着你所在的方向驰去

而你说一定要秉承诚朴

这样才会有意义的人生与前途

你又说外面在下雨

虽然阴雨者时之余

但你告诫我，以勤来清理心中的懒念

也告诫我，要用恒心去思考去发现

你还说你存活了九十年

用时间见证了勤恒诚朴四字箴言

最后你说，努力不息图自强

叫我不要让时间肆意流淌

要我务实当下，奔向理想

可我想对你说，谢谢你：

你的爱，我收到！

# 您与一中,一中与您

### 2017级(3)班 孙雨欣

九十年前,
血火熔城,黄沙羁浪
您于战火之中悄然崛起
如传说中的普罗米修斯般
为莘莘学子带来向往和希望

九十年后的今天
四海升平,国富民强
您于盛世之中巍然屹立
仿佛神话中的伊甸园一样
为同学少年提供知识的殿堂

九十年,春华秋实
孕育着一颗一颗希望的种子
九十年,桃李满枝
收获了一个一个成熟的梦想

九十载,风雨兼程
不变的是您秀丽的容颜
九十载,云卷云舒

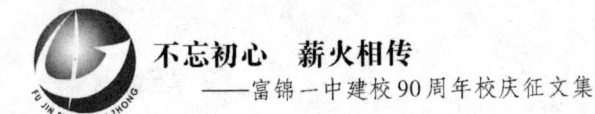

不变的是您骄人的辉煌
九十载,同舟共济
不变的是您团结协作的品格
九十载,沧海桑田
不变的是您永恒诚朴的榜样

您是清晨洒下的第一缕阳光
横扫愚昧无知带来的迷惘
您是天空降落的第一滴甘霖
滋润贫瘠落后而干涸的衷肠
您是翱翔于苍穹之上的雄鹰
承载着我们的心之所向
直面未知和风浪
飞向星辰与海洋

岁月如歌,您披荆斩棘,锐意进取
迎着风雨走来
薪火相传,我们必将敢为人先,求实探索
为您添彩争光

最后在您九十华诞来临之际
一中学子迎着朝阳齐聚一堂
共同唱响这爱的赞歌
祝您:成就同天高
辉煌共水长!

# 沁园春·贺富锦一中建校九十年

### 2017级(8)班 刘 响

成于烽烟,遂在安邦,铁马梦长。恐黍离忧患,长安蔽日;朝乾夕惕,未敢凄惶。礼义书教,驱驰不已,笔墨昭昭寄庙堂。三江汇,越浮沉过往,惯见苍茫。

昔年冷剑长霜,未曾忘著年少锦章。看山峦漆翠,云屏入画,春风桃李,物华文昌。案置缥缃,志怀四方,我辈今当破浪航。九十载,共青山郁郁碧水泱泱。

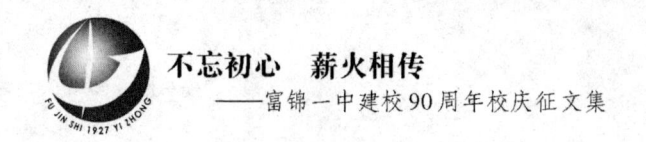

# 一 中 赞 歌

## 2017 级(2)班　涂丹妮

九十年前,您披荆斩棘巍然屹立,

九十年间,您春风化雨,无私奉献,

九十年后,您活力无限,再创辉煌。

勤恒诚朴是一中学子的无上信条,

自强不息是一中学子的高尚品质。

晴天,抬头,珠海蓝天,

夜晚,仰望,星华璀璨。

您培育了一代又一代的栋梁之材,

您不断为祖国输入新鲜的血液。

刺玫花盛放显您繁荣,

云杉树耸立显您傲骨。

您像一位母亲,

期盼每一个在这里学习的学子,

能够张开强健的翅膀,

翱翔于天地之间。

祝您前途永无疆!

# 书香呵护

**2017 级(10)班　迟裕尧**

清晨
孩子们沐浴着阳光晨读
校园中传来阵阵书声　琅琅
正午
孩子们在球场上挥洒汗水
校园中飘过丝丝欢语　悠悠
黄昏
孩子们在余晖中谈论知识
校园中漫延智慧海洋　汤汤

莘莘学子在你的呵护下
奋力萌发,成为栋梁
如苍鹰自由翱翔在空
如鱼得水般
成长

啊,校园
勤恒诚朴是您的信条
草长处
刺玫花在浮现

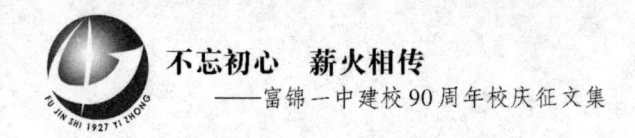

长夜漫漫
云杉树依旧伫立着

岁岁
您注视着学子离去的背影
学子正如藤上飞鸟来又走
可校园啊
您不必担心
飞鸟已经茁壮为雄鹰
他们会同你一样
脚踏着光阴走过岁月
续写着万世千秋

# 述情一中

### 2017级(5)班 孙思奇

曾几何时,对你怀着敬仰,
隔着,隔着栅栏眺望。
我的心早已飞进这里,
和你共度每一个朝阳。

曾几何时,对你怀着希望。
用笔,用笔写下志向。
我的心期许已久,
和你共度这段青春的时光。

你就静静地坐落在这城市的一隅,
迎接着每一个梦想猗郁的儿郎。
我们在你的怀抱中书声琅琅,
我们在你的庇护下展翅翱翔。

花开花落,云卷云舒,九十年的时光,弹指一挥;
月满月亏,潮起潮落,九十年的历程,灿烂辉煌。
勤恒诚朴是你对我们人生的训诫,
也是我们一世追求的美德。

啊!一中,
愿你同比山高兮,共水流长。

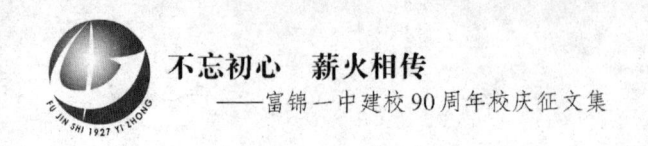

# 水木清华一中园

**2017 级(2)班　冷昕谣**

九十个年头雕刻出

钟灵毓秀的风光

进思校长不朽的开创

铸就了一中近百年的辉煌

送走远行的莘莘学子

你让他们铭记

你有个不屈的魂

像缄默而待放的春

铭记勤恒诚朴的校训

奠基人生起伏的险峻

唯愿夏花般绚烂的你

同山高兮　共水长

# 致 一 中

2017级(2)班 丁一铭

孕育在烽火中

多少年

凄风苦雨,岿然不动

一路跋涉,风雨兼程

挥洒的,是披星戴月的汗水

指引的,是莘莘学子的航向

勤、恒、诚、朴,是你的诚训

不息努力,只为自强

九十年绽放,孕育桃李芬芳

九十年拓荒,前途永无疆

山高水长